外苏河战

The Battle of Waisu River

著

人民文学出版社

图书在版编目（CIP）数据

外苏河之战/陈河著．—北京：人民文学出版社，2018
ISBN 978-7-02-014303-0

Ⅰ.①外… Ⅱ.①陈… Ⅲ.①长篇小说—中国—当代 Ⅳ.①I247.5

中国版本图书馆 CIP 数据核字(2018)第 107081 号

责任编辑　赵　萍
装帧设计　刘　远
责任印制　徐　冉

出版发行　人民文学出版社
社　　址　北京市朝内大街 166 号
邮政编码　100705
网　　址　http://www.rw-cn.com

印　　刷　河北鹏润印刷有限公司
经　　销　全国新华书店等

字　　数　151 千字
开　　本　880 毫米×1230 毫米　1/32
印　　张　8.25　插页 1
印　　数　1—15000
版　　次　2018 年 8 月北京第 1 版
印　　次　2018 年 8 月第 1 次印刷

书　　号　978-7-02-014303-0
定　　价　43.00 元

如有印装质量问题,请与本社图书销售中心调换。电话:010-65233595

第 一 章

一

1993年夏天,我母亲第一次在电话里和我说想去越南寻找和探望舅舅陵墓的事。那时我已经在美国待了五年,有了绿卡,但生活一团糟,刚和前妻离了婚,因此母亲说起这件事我都没有心思和她讨论。不过挂了越洋电话之后,我开始觉得这是个事情。我知道舅舅是我母亲最挂念的一个人,虽然我从没见过他。在我小时候的记忆里,舅舅就是墙上的那一张黑白照片。照片里他站在一门高射炮旁边,望着天空,那年他二十岁。母亲在我牙牙学语时告诉我那就是我舅舅。我问舅舅在哪里?母亲说他在越南和美国飞机战斗时牺牲了,是烈士,再也回不来了。到我小学一年级时,老师带我们到烈士陵园献花,过后我就问母亲舅舅的烈士陵园在哪里?为什么我们不去给他献花扫墓?母亲说他的陵园很遥远,在越南,我们去不了。后来我慢慢长大,在我年龄和舅舅一样大的时候,我的长相和他照片上一模一样,那时我刚上大学。后来的我就开始沧桑了,年龄慢慢超过了他。而现在,我三十好几了,胡子拉碴,看着舅舅的照片会觉得他像个小孩一样。母亲经常会在舅舅照片前流泪,还会和我说都是她的错,没有把舅舅去越南的决定告诉我姥爷,要不然姥爷会阻止他的计划的。但这些年母亲不大讲这些了,会说一些自我宽慰的话,比如会说我们每个人都会变老,只有舅舅永远是墙上的照片那样年轻帅气。

所以在母亲和我提起舅舅的事情之后的第二个星期,我一改上次心不在焉的态度,和她专门讨论寻找舅舅陵墓的事情。母亲说她和舅舅当年一起去越南参军的几个战友都还有联系,说有越来越多的参加抗美援越的老兵撰写了各种回忆文章,都表达了想去祭拜牺牲在越南战场上一千多名战友的强烈愿望。有各种消息表明,虽然中国和越南在二十世纪七十年代末打了一场边界战争,但当年抗美援越牺牲的烈士陵墓都还保存着,没受破坏。母亲说舅舅牺牲二十多年了,自己最近一直梦到舅舅,每回梦醒之后心里特别难受。她觉得应该去越南看看舅舅了。但那个时候中国和越南关系还不是很好,想去祭扫牺牲在越南的中国军人陵墓是一件很难的事情。不过我母亲是个有全球眼光的人,她看到现在越南与当年的死敌美国的关系已经改善,因此她想到了也许让持有美国绿卡的我去越南给舅舅扫墓比较合适。母亲轻易不求人,也很少让我为她做事。在我还没考虑成熟之前,我告诉母亲让我想一想,多了解一下情况,再回答她。

和母亲讨论过这件事不久,我刚好去华盛顿出差,住在离国会山不远的旅馆。之前我曾来过国会山前面的纪念碑广场好多次,那里的朝鲜战争美国大兵塑像给我留下了很深印象,更别说那林璎设计的沉入地面的越战纪念碑了。

纪念朝鲜战争的那一组19个美国大兵塑像,每个士兵都披着雨衣,手持武器装备,脸色迷茫而紧张,看得出他们是笼罩在战争的死亡的阴影之下。这一组塑像让我对姥爷有了新的认识。我姥爷当年在朝鲜战场上是中国人民志愿军装甲兵团司令员,在朝鲜五年,是有名的将领。毫无疑问,正是他强悍的作战风格让美国人付出代价。他的最著名的战例就是在冬季的大雨雪天围歼了美军海军陆战队第一师,那一战是美国人的噩梦。我现在看到的这些如在险恶梦境里行走的忧郁的美军塑像岂不是和我的姥爷有联系?我到美国留学时,在填表格的时候要详细填写好几代的家庭成员(family tree),每次填这些表格我都很害怕,不如实填怕美国人查到,填了姥爷的名字又怕美国人知道我是朝鲜战场的那个装甲兵司令的后代。后来我都如实填了,美国人倒也没找我麻烦。

离朝鲜战争雕像群不到一箭之遥,是越南战争纪念碑。这个纪念碑像是一条壕沟,一道斜坡切入地下,墙面的黑色大理石刻着死在越南战场的五万七千多名美国军人的名字。设计这个纪念碑的华裔青年林璎是林徽因的侄女,她说了一句颇有诗意的话为她的设计注解——"用刀割开大地,青草会随时间的流逝将地上的伤口愈合"。我看着林璎设计的墓碑上那么多的美军战死者名字,不知怎么的总觉得能找到我舅舅的名字。在这条黑大理石壕沟里我心里不断出现我舅舅被美军飞机的子母弹打穿脑袋的流血画面,我甚至想着林徽因的侄女在设计这个纪念碑的时候,下意识里会不会也想着要纪念当年的美国敌手中国军人的亡灵呢?

说起来,不论是朝鲜战争还是越南战争,美国人其实都是在与中国交战。朝鲜战争中国公开参战,越南战争中国则是秘密出兵。我一直相信这样一个事实:美国的军事力量那么强大,可是和中国军队交战却没讨到过便宜。朝鲜战争美国和中国算是打了个平手,而越南战争美国人彻底失败了。美国人碰到的这个对手就是强硬的毛泽东。现在我知道了为什么当年尼克松访华时会这么尊敬毛泽东。尼克松当时在美国国内被越战搞得焦头烂额,如坐在一个火山口上,只有毛泽东才能解他的套,所以他到中南海丰泽园才会那样毕恭毕敬。我的姥爷和舅舅分别参加了这两场战争,我姥爷指挥他的坦克部队围歼了美国军队一个师,我舅舅则被美军飞机投下的子母弹钢珠打穿了脑袋。而若干年后我拿了美国政府的奖学金就读于伯克利大学,现在为美国的公司做计算机软件开发。

在华盛顿国会公园海洋一般的樱花树下我做出了决定。我母亲在电话里虽然是用商量的口气和我说话，但是我能听出来她决心已下，一定会付诸行动。我母亲性格里有很强硬的一面，和她的当装甲兵司令的父亲十分相似，所以我觉得我没有别的选择，只得答应她去寻找和看望舅舅的陵墓。对了，我还没说我舅舅的名字，他叫赵淮海。他生下的时候，我姥爷正在打淮海战役。

二

从那天起，我就开始从各方面了解当年中国军队抗美援越的历史。那年头，互联网已经在美国流行，我在网上可以搜索到国际上很多越战的资料，但是中国大陆发布出来的资料几乎是零。我以前对舅舅的情况知道得很少，母亲告诉我他的部队在国内的番号是高炮61师，到了越南之后改称为35支队。我一直在互联网上搜索与"高炮61师"有关联的信息，慢慢地，我有了一些收获。最初看到的是几篇抗美援越回来的老兵述说晚年生活福利方面的困境，后来文章越来越多了，都是老兵们对于那段历史的激情回忆。我现在知道了高炮61师是一支有红军历史的老牌部队，解放战争时开始装备了高射炮，后来上过朝鲜战场。除了文章，我还看到了一个老兵自己制作的视频节目。视频用了八一电影制片厂的红星闪闪片头,配上了雄壮的军乐,配音解说者是一个广东口音极重的老兵,他模仿赵忠祥的深情语调说话,却把西红柿念成"希洪细"。话虽这么说,我对这些资料都看得津津有味。不久之后,我看到了一篇有意思的回忆文章,说的是61师85毫米高炮六连一班战士吃饭时的事。

那一年,高炮61师是驻守在福建和浙江沿海一带的,主要是守卫东海前哨。85毫米高炮团的三个营驻地在一个山洼里面。那时候部队的生活很不富裕,吃的菜基本都是自己种的。这一天,六连一班的战士围着一张木桌吃中午饭,没有肉,只有豆腐,还有炒青菜,因此大家吃得很没劲,筷子下得慢。眼力比较好的瞄准手小方可能想在菜里挑出一块幻想的肉出来,在盘子里挑来挑去,结果筷子头上挑出了一条卷曲的毛。他对大家说:

"妈的,又吃到屌毛。炊事班怎么搞的?菜都洗不干净。"

要是平时,大家骂一句也就算了。但是没想到今天班长马金朝却没放过这件事,他让小方把夹着这根毛的筷子移到他跟前,他细细看了一下,得出了结论,说:

"这不是男人的头发,是女人的。"

他这话马上让大家停下了进食,轮流研究筷子尖上的毛发。这毛发长约三寸,有点卷曲的,军营里当兵人头发肯定没那么长。马班长说是女人的头发,大家都不反对。"漂亮,这头发卷曲的,好像烫过。"有个女兵赞叹道。

"你们看到没有？男的头发是圆的,女的头发是扁的。"马金朝说。

这话一说大家都再次研究了这筷子尖上的毛。果然是扁的。不过大家也说不出对错,因为班里的战士都没研究过,更不会知道扁毛和圆毛的分别。但是马上有人提出个问题：

"班长,这韭菜是我们自己在小生产地里种的,用的是大厕所的大粪,咱营房里都是男的,哪里来女人的毛呢？"

"你们都不长眼睛的啊,没看到最近营房来了好几个家属吗？三连的连长指导员老婆都来了,二连也来了几个家属。知道吗？我们连里也马上有家属来了。"马金朝说。

这么一说,班里的战士们都觉得心里明白了。的确最近营房里是出现好些个穿花衣服的女人的身影了。马金朝说这些的时候,战士们觉得好笑。可是他心里有一种冷冷的东西在升起。上个礼拜,他看到二连连长和他的妻子冬梅在小卖部买东西。二连长和他是同一个公社的老乡,比他早几年当兵,早早提干部了。而他老婆冬梅则是和马金朝一个村的,在小卖部相遇时两人都脸红了。见到冬梅之后,马金朝心里难过,因为他以前和她好了很多年。可是因为他家庭条件不好,她后来还是和提干的二连长顾玉林结婚了,生了个儿子。马金朝到了部队后表现不错,早早入了党,可是因为文化程度不高,提不了干部,一直是个班长。

营房里短时间之内有那么多的干部家属来探亲让马金朝感到奇怪。他是个六年的老兵,看的事情多了,能从部队里的一点细细的变化看出大事情的苗头。他发现最近干部们的脸色都变得严肃沉重,营房有不同寻常的气氛。他觉得有什么事情要发生了。

马金朝的预感没有错。果然有一件大的事情在等着高炮61师。

半个月之前,高炮61师李玉山师长接到了中央军委的命令,让他们做好赴越南北方和美国空军作战的准备。这个命令很快在部队排级以上干部中传达了。李师长素以体恤部下闻名,他调查了一下基层干部的思想动向,了解到的是干部们普遍都想在出国前见见家属。李师长在朝鲜战场和美国飞机较量过,知道这回去了越南必有大批伤亡,干部们想见一下家属的心情可以理解。如满足了干部们这个要求,接下来的政治思想工作就好做了。他立即做了安排,让还没有随军的干部家属都来部队探亲一次。于是,在接下来的日子里,排级以上干部的家属陆续来部队看亲人,营房里出现好多穿花花绿绿衣服的女人了。干部们不可以向老婆透露要去越南作战的秘密,去越南打美国鬼子可是真枪实弹的,能不能活着回来是个问题。

半个月之后,部队正式下达了入越作战的命令,对所有指战员进行了入越作战前的动员教育,然后部队就开拔了。火炮车辆装上了军列,开往广西凭祥友谊关附近的临时驻地。在那里全体官兵换上了入越的服装,把领章帽徽摘下了,戴上了越南式的大檐凉帽。接下来,部队要求每个战士把换下来的军装和个人珍贵用品包括笔记本之类的东西全部用小包袱打好,上面写上家里的邮寄地址。战士们写家庭地址的时候,心里不免一惊,因为写这个地址意味着你万一牺牲了,包袱就直接寄回家里去了。但士兵们心里的阴影也就一闪而过,那个时候营房里笼罩着出征前的浓郁政治气氛,战士们不是在高声朗读语录,就是在比赛唱语录歌,没有空余的时间让你想生死的问题。几天之后就出发了,这回部队不再是坐火车,而是坐着牵引车拉着火炮进入了友谊关,时间是黄昏时分。

1966年深秋的这一天友谊关前面热闹非凡,挤满了为入越部队送行的军民团体。有地方的学生挥舞花朵,有当地老百姓送茶水,再往前走,就看到了北京来的总政、空政文工团的快板队、秧歌队、腰鼓队。马金朝看到这些女文工队队员不是一般的漂亮,而是特别漂亮。最让大家惊喜的是在长长的夹道欢送行列里有一个舞台,上面挂着《英雄儿女》电影剧组的横幅。那时《英雄儿女》电影刚刚上演,战士们看到了演王芳、王成和师政委的演员。马金朝有生以来第一次看到这些有名的电影演员。王芳看起来很瘦小,王成看起来一点不英雄。马金朝紧紧盯着王芳看,她也看到马金朝,和他有了目光对接。马金朝感到难为情,避开了目光。王芳跑过来递上一个水壶,说:"亲爱的战友,带上一壶祖国的水吧!"马金朝心里热了一下,眼里冒出泪花。可惜这场面就那么一闪而过,牵引车慢慢就驶了过去,一头钻进了友谊关门楼的洞口,进入了越南的土地。

牵引车轰轰隆隆颠簸着前行。为了防止空袭,部队选择了夜间开进,不开车大灯,只开小灯慢速前行。马金朝坐在有帆布车棚的牵引车里,上面有树枝伪装。车棚里面一片黑暗,什么也看不见,其实外面也一样什么都看不见。这个时候,一切宁静下来。出国前的那一段时间紧张忙碌得让人没有时间去想问题。而现在,一切宁静了下来,进入越南了,要开始打仗了,每个人的心里突然开始难受,好像是被流放到了孤岛一样感到孤独和空虚。

班里所有的人都没声响,他们都没睡着,黑暗中有乌溜溜的眼睛在转动着,各人想着心思。马金朝心里想着家里麻烦的事情。就在不久前,他接到家里父亲请别人代笔写来的信,说他的前年刚结婚的媳妇回娘家了,还说想要和他离婚。这事让他心里全乱了。在他的家乡,讨一个媳妇可不容易,他家里实在太穷了,虽然他在外当兵,有一点津贴,家里那种穷困还是让远近的姑娘们直摇头。二连长的老婆当年就是因为他家里太穷才没跟他的。前年回家,他总算用部队里存的津贴讨了邻村的一个姑娘回家。但是连他自己都难为情,家里就一间破房子,住着父母、爷爷奶奶、兄弟姐妹。他就在大炕上拉了一道帘子，夜里和媳妇做那事都不敢出气。他就在探家的半个月里草草结了婚，也草草地睡了几天媳妇，其实连她的长相都还没记清楚就回部队了。回部队之后，因为媳妇认不得几个字，写不了信，所以他们几乎都没什么联系。在收到父亲请人代笔的信之后，马金朝心里气愤、难过，但是并没有很意外。他觉得家里那种条件现在让他回家都待不住，媳妇住在这样的家里，受这样的苦，回到娘家去也不奇怪。但是她提出离婚的事让他不能接受。他已经给家里和媳妇都写了信，劝媳妇不要动这样的念头，过些日子他回去探家时再商量。信寄出好久了还没见回信。可现在到越南了，不知还能不能收到信。这都怪自己不争气，提不了干，要不然家属也可来部队探亲，当面说说话。

三

拂晓时，车队停了下来，说是到目的地了，要驻扎的地方叫外苏。他们下了车，看到周围都是浓重的雾气，等雾气退去一些，渐渐看清了周围的地形。这里是一个铁路的车站，有个编组的场地，几组铁轨。好些库房一样的房子都被炸塌了。慢慢地视线所及的范围越来越大，看得清远处铁路有好几处被炸断了，铁轨拧成了麻花样。沿线有很多巨大的弹坑，还有被炸翻的车皮。地上铺满了被炸散的大米、面粉，还有一桶桶豆油,油桶炸破了,油都流到了地上。马金朝看了心疼,这些都是从国内运到越南的支援物资。他想着家里的人都吃不饱,要是家里多几袋大米或者面粉,他的媳妇也许就不会和他打离婚了。

接着,他看见了不远处那一条宽广的河流,上面的铁路桥被炸成两段,钢梁塌在河面上。现在,他看见了河边的两座山峰,整个外苏防空区就在山谷里面。这一带的地理结构是那种石灰岩地貌,很像桂林的山水。尽管这里经过了轰炸,外苏河和山峰景色还是葱葱茏茏,非常漂亮。

最初的几天,部队各个单位在修筑火炮阵地和营房。越南方面派来一些当地老乡帮助,男性很少,全是老人,没有青壮年的。后来来了几个女的,倒是年轻漂亮的,让战士们看了心情都好了起来。由于外苏的铁路桥被炸断,从中国过来的火车暂停了。所以这段时间美军飞机没来这边,去炸其他的目标了。这样正好让新来的部队有个准备的时间。马金朝的炮班阵地可以看见整个外苏河谷,他看到中国的部队正源源不断开了过来,主要是铁道兵部队和高炮部队,看起来真是气势雄壮。还有听说过但没见过的100毫米炮,这个大口径高炮可以打一万米的高空,带着雷达瞄准系统,是属于北京部队的。滚滚的车流里还有大型的导弹车,这是二炮的对空导弹部队,他们部署在不远处的克夫机场。野战医院也早早就来了,他们在外苏河南岸的山洼里安下营地。在外苏河防区唱主角的其实是铁道兵,所有的防空部队都是来保护铁道兵和铁路运输的。

外苏河防区的总指挥是龙长春,这个人在朝鲜战场和美国人打过交道,美国的专家对他很了解。龙长春胸前挂着望远镜,戴着钢盔,坐着吉普巡视,样子有点像后来美国电影《巴顿将军》里的巴顿。他指挥他的铁道兵队抢修外苏河上被炸断的钢桥,并协同指挥大部队进入外苏河谷布下了对空火力网。很快,美国的侦察机飞了过来,他们肯定也获得了情报,那个朝鲜战场的铁路专家龙长春来这里了。龙长春坐着吉普来来去去,对着天空说:美国佬,我们又见面啦!

一周之后,天气转晴。美军飞机侦察到外苏的铁路已经修复,有一条便桥架在河上,于是再度派出机队来轰炸。他们已经知道有中国的高炮部队部署在外苏河谷,所以第一波轰炸时机队非常谨慎,保持了高度。高炮61师师长李玉山拿手的战术是集中火力打低空的飞机,没有向第一波的美军攻击机队发射一颗炮弹。美军机群第二波俯冲时高度低了许多,这时,61师几十个炮群一起开火,一下子就打中了三架美军飞机,有两架是在空中炸爆的。美军这次使用的重磅炸弹是炸铁路桥梁的,对人员杀伤力不大。所以第一次空战61师只有一个炮手负了轻伤。这样的战果马金朝没有想到,他想:妈了个×,原来美帝国主义真的是纸老虎啊!

第 二 章

一

我舅舅赵淮海一伙人是在高炮61师进入越南之后的第二个月从北京出发的。在他的日记里详细描写了他们进入越南之后的情景。

"天啊,我怎么什么也看不见了,这究竟是怎么回事啊?"武振雨惊叫着。他起先以为自己眼睛失明了,但在一片白茫茫里还是能隐约看见自己的手在眼前晃动。

"我也一样看不见东西了。这里是什么地方?我们昨天分明是在一个山头上停下来睡觉的,怎么会变成这样?你说会不会是美帝国主义给我们放了烟幕弹啊?"我舅舅说。

"我觉得完全有可能,听说烟幕弹是有毒的,可是我们身边的白色烟幕没气味,像是棉花糖。"苏鸿飞说。

"我知道了,美帝国主义放的一定是糖衣炮弹。"李关冬说,"我们还是赶紧离开这个地方吧。"

四个人刚刚在一棵大树下睡醒,这是他们进入越南境内度过的第一夜。昨夜他们走到天黑,无路可走了,才在山岭上露营。四个年轻人睡得无比深沉,一觉醒来已是天亮,可就是什么也看不见,最多只能看见自己的手。他们拉着手往前慢慢走了一阵,发现白色的物质慢慢稀薄了,再走出一段路,看见了一团浓浓的云雾笼罩着他们原来待过的地方。

现在他们看清了在他们的下方,是两座山谷之间的一条河流,河水相当湍急,那水雾就是从河里升起来的。

"武参谋,查查这条河叫什么河。"我舅舅说。四人小组给武振雨分配了地图作业任务,并封他为参谋。武振雨赶紧拿出地图看起来,看了一阵,说:

"这是一条无名河。"

"怎么都是无名的?昨天我们过夜的山,你也说是无名高地。"苏鸿飞咕哝着。

"我觉得这条河像密西西比河。"李关冬从小看《哈克贝利历险记》,知道外国有这么一条河。

"你说什么?密西西比河在越南?不是在美国吗?"

"美帝国主义施了魔法,把密西西比河搬过来挡我们的路。"李关冬说。

"那前面是不是有一个海盗岛?还有一个藏宝图呢?"苏鸿飞和他争执着。

"有一点是明确的,我们必须越过这条河,因为指南针指示我们要往南走,无名河正在我们的南方。越过这条河才能找到去河内的路。"武振雨不顾同伴的嘲笑,严正地说。

"好,我们有了正确的方向,什么也不怕了。"我舅舅说。

在山岭上,红日上升,雾气尽退,风景极其壮美。为了鼓舞大家的士气,我舅舅建议大家作一首诗,他念了第一句:

眼前一片白茫茫,

阳光浮经雾海上(武振雨接上第二句)。

身在异国望北京(苏鸿飞第三句,他心里大概想家了),

援越抗美从此越(李关冬结尾。他的从此"越"不知作何解,大概仿照毛主席的诗词"而今迈步从头越")。

"后勤部长,我们开饭吧。"我舅舅说。四人小组给李关冬的职务是后勤部长。

"我们带的干粮都留在边境的那个茅厕了,现在已经没有吃的了。"李关冬说。

"那我们想想办法,哎,有了,要不我们先吃吃皮带吧。红军爬雪山过草地时就吃过皮带。"我舅舅说。

"报告,红军那时的皮带是牛皮的。我们的皮带都不是牛皮的。我的是塑料的,怎么吃呢?"

"我的是帆布的。"武振雨说。

我舅舅看看自己的腰带,也是人造革的,看来还真不能吃。

"那我们也不怕。我们挖野菜吃吧。同志们,比起两万五千里长征,我们的困难小多了。"

从以上的这些对话里,人们大概能看得出这几个年轻人是什么样的人了。他们脑子里净是些幻想的东西。

几天之前。北京航空滑翔学校里。我舅舅赵淮海坐在滑翔机里被牵引机带上了蓝天,在天上完成了几个转弯动作之后,没有找到上升的气流,飞机就失去高度,急着找到跑道着陆了。我舅舅其实根本没有心思飞行,下了机之后,他就赶紧去换了衣服,骑着自行车往苏鸿飞家里去。今天是他们的小组集会日子。

小组里大部分人都来了。只有陈东来还在上海搞红卫兵串联。李小岚虽然母亲生病,她还是跑过来了。大家看到我舅舅来了,都围了上来等他发布消息。

"高炮61师打下飞机了!一下子打下了三架。"我舅舅说。

"啊,这么快就打下了?是什么炮打下的?37炮?还是85炮?"苏鸿飞问。

"美国人是什么型号飞机?高度多少?"李关东问。他们的问题很专业。的确,他们前些时间集中学习了飞行和防空知识,对于各种战斗机和高射炮知识了解了不少。

"内参消息上说我们用的是85炮和100炮。美军飞机是F-105鬼怪式,一个飞行员跳伞时被机尾撞到碎成两段,还有一个被越南的人民军抓到带走了。"我舅舅说。

中国军队进入越南境内作战是国家机密,报刊和电台都不予公开报道。随军的新华社记者发回的消息只是出现在《内部参考》上,军内外一定级别的干部才能看到。我舅舅的父亲眼下是我军装甲兵副总司令,我舅舅偷看他带回家的《内部参考》,所以能得到这些消息。

"我觉得时机已经成熟,我们该开始行动了。"我舅舅说。

"是的,我们再也不能婆婆妈妈地等待着。同志们,出发的时间到了!"苏鸿飞说。

"真的要去啊?我妈生病了,要我照顾,能不能等一个月?"李小岚说。

"那可不行,再等下去我们什么也做不成了。你要是不行,那就别去了。"

"那我还是去吧!"李小岚说。

这一群年轻人最近以来处于极度的狂欢之中。"文化大革命"的热潮掀起,他们在天安门广场受到了伟大领袖毛主席的接见,内心的理想烈火被点燃,熊熊燃烧着。他们被这种热情完全控制了,接下来的生活全部是围绕着这个目标。之后,他们打着一面红旗坐上南下的火车去湖南韶山,去南昌起义纪念馆,去爬井冈山,一路上还吸收了几个队员,李小岚就是路上吸收的。虽然这些个北京城里长大的青少年生活在激进的革命年代,但是他们从小读过很多俄罗斯和苏联的文学作品,还有不少欧美的文学名著。这些阅读让他们对远方有热切的向往。结合这些年读马列和毛主席的著作,他们更有了"四海翻腾云水怒,五洲震荡风雷激"的世界革命胸怀。当他们后来看到毛主席在天安门城楼上笑吟吟地宣布"坚决支持越南人民抵抗美帝国主义侵略,辽阔的中国是越南人民的大后方"时,他们就制订了去越南参加抗美援越的计划。为了早日实现这计划,他们开始了军事训练,爬八达岭,在昆明湖武装泅渡,学越南语,同时在筹集资金,组织后勤保障。

这个下午,这几个年轻人经过一番讨论做出了决定,计划在三天之后出发前往广西的凭祥,从友谊关进入越南。这三天里,他们要准备好物资装备。每个人要准备一百元人民币,如果现钱有困难,也可从家里拿些路上需要的实物,比如工具之类。李小岚家里条件不好,母亲又生病,筹不起那么多钱。她准备把家里的菜刀拿出来,因为到了越南就需要有菜刀在丛林里砍伐。李小岚拿起了菜刀,但看到家里只有一把菜刀,拿走了家里人就做不成饭了,因此不忍心又放了回去。

我舅舅赵淮海在出发之前,想去医院里看望一下住院做手术的父亲。

我姥爷赵炎的胃病很重,我母亲说她是在朝鲜战场落下的病根子,那时经常是抓一把冰雪和炒面充饥,但也有一种说法说他从朝鲜回来之后喝了太多茅台酒。这一次胃出血厉害,要做胃部分切除手术。姥爷住在解放军总后医院,赵淮海和父亲很少见面,而且怕和父亲见面。他出生后刚有记忆,父亲已经到朝鲜战场了。父亲回来的时候,赵淮海觉得他是个陌生人,后来也一直没有和他亲近过。父亲的脸上从来没有笑容,对孩子的要求非常严格。但是这回赵淮海突然觉得很想去见一次父亲,大老远地跑到医院去。

父亲穿着蓝白相间的病号服。赵淮海第一次发现父亲脸上有很多皱纹,鬓上生出了白发。

"你怎么样?怎么跑这里来了?"父亲问。

"我妈让我来看看你。"赵淮海说。其实他母亲不知道他来看父亲的事。

"哦,是这么回事。你最近怎么样?航校的训练课正常吗?"

"都没上什么课了。昨天飞了不到一个小时就下课了。学校比较乱,大部分教员和学生都去全国各地大串联了。"

"你听着,现在局势很乱,你不要再去外地串联。家里的事要靠你了。部队里最近有人要批斗我,说不定哪天我也回不了家了。你是家里的男人,要挑起担子。"

"知道了,爸爸。"我舅舅赵淮海说。他不敢把自己要去越南的事情说出来。

他们说了一些话,很快就觉得没有什么可说了。我舅舅走的时候,姥爷送他出了病房的门。舅舅让姥爷回去,但姥爷一直送他下了楼,一直送出了住院部大楼的门。我母亲说,姥爷这人有着特别的敏感,他能感觉到舅舅这一次一定有什么大的计划,只是没点破它。他甚至已经有了不祥的预兆,所以会送儿子到大门口。

当天下午,我舅舅的远征军就准备出发了。我舅舅瞒着姥姥,只是向他姐姐也就是我母亲告别。他把计划告诉了我母亲,要他绝对保密。如果我母亲向我姥姥姥爷告密了,舅舅发誓就再也不认我母亲做姐姐。这样我母亲只好答应。那个时候我母亲的思想挺激进,而且也没想到舅舅此行会那么危险。她把自己的零用钱都给了我舅舅。但是没有想到的是,我的十七岁的小舅舅赵前进是个贼机灵的孩子,他把这一切都看在眼里,偷偷把自己的东西都准备了。在他哥哥溜出家门时,他跟在后面。他哥问他想干什么,他说要跟着去越南。若不让他走的话,他就去告诉父母亲。这样,我舅舅只得带着弟弟一起南下了。

接下来,他们坐上了南下的火车。他们没想到南宁会那么远,比韶山还要远一倍。辗转了一个礼拜,到了南宁。天气暖和许多,这让他们信心大增,这样进入越南之后,至少不会像爬雪山那样被冻死。然后,他们坐汽车到了凭祥,开始做偷越边境的准备。

他们一行共十二个人,按计划,分成了三个组,每个组里有一个指南针手、一个砍刀手、一个后勤,还有一个卫生员。他们出发前约定过了边境之后各自行动,在越南战场见,或者永远不见。我舅舅和我小舅舅分在不同的组。我舅舅知道这样万一一个组出了事情,赵家至少有一个儿子还在。集会完毕,三个组的成员握手告别,立即钻进了丛林,向边境偷潜过去。

三个组最早进入越南国境的是我小舅舅赵前进的组。他们在进入丛林之后,发现有一条现成的路。我舅舅之前说过不能走现成的路,因为会被抓住,必须自己开路。但小舅舅这一组人员有点怕吃苦,就走了现成的路。没想到一路上顺利,半天之内就进入了越南的国境。他们继续在大路上走了一阵子,被越南的民兵发现拦住。这些边境的越南民兵有的会说中文,盘问他们之后,就带他们去了一支已经入越的中国部队营房。部队的首长对于红卫兵不敢轻视,接见了他们,了解了他们的情况。首长做思想工作有一套,这几个小孩不在他话下。部队招待他们吃了一顿很好的饭食,等他们狼吞虎咽完之后,首长表扬了他们一通,说他们的精神可嘉,值得部队官兵学习。但越境参军不合规矩,部队要送他们回去。刚才我说过我小舅舅这一组人员革命斗志本来就不是很强,他们觉得已经进入越南找到部队就算革命成功了一半,被遣送回去也不算很失败了。

第二组是李小岚等人,别看这组有两个女孩子,但她们的意志和那些过雪山草地的女红军一样坚强。他们这组在丛林里走了半天,但没走出边境,就被当地的民兵巡逻队拦住审问。李小岚声称是北京红卫兵,来边境慰问解放军,送毛主席纪念章。她送了连长一枚毛主席像章,这一来,民兵连长信以为真,带他们到了挨着中越边境的一个军用雷达站。看来了红卫兵,其中还有两个女孩子,部队官兵非常高兴,请他们吃饭。李小岚以为这是个机会,发表了一通演说,说他们这支小分队要按毛主席指示去做,到越南去加入部队打击美帝国主义。没想到这一招行不通。部队说欢迎来慰问,但是加入部队是不行的。李小岚软硬兼施磨了半天,最后还是跟着部队的车子到了边境联络处。让李小岚吃惊的是,她看到了我舅舅这一组的人马也在这里。我舅舅的一组人在进入越南之前,被边防部队拦截,送到了边境联络处。我舅舅没想到会和李小岚一组在这里会合。

我舅舅对李小岚使了个眼色,意思是不要沮丧,一定要战斗下去。边境联络处的军代表给他们讲了不可以越境的道理,请他们吃了饭,然后派了三个战士送他们去凭祥车站,让他们回南宁去。

我舅舅和李小岚两个组一共八个人。要是打仗时被敌军抓住,我舅舅可能会选择武力杀掉押送者。但现在是被自己人抓住了,这方法肯定不行,"只能智取,不能强攻"。我舅舅偷偷给李小岚打了暗号,要他们掩护他们逃脱,李小岚心领神会。走到一半,我舅舅突然说自己肚子很痛,其他人都开始喊起来,还埋怨刚才吃的伙食不新鲜,纷纷嚷着要去厕所拉肚子,押送的士兵只好带着他们去找厕所。

终于找到了一个乡村的茅厕。茅厕正面是洞开的,两侧有堵矮土墙,上面有窗洞。李小岚说你们男的先去拉吧,你们拉完了女的再去。我舅舅和武振雨四个人就一起去了茅房。我舅舅他们进了茅厕,才发现即使蹲下来,押送的士兵从窗洞里还是能看见他们。我舅舅让大家把背包放在窗洞上,这样押送的士兵只能看到他们的包,看不到人。李小岚知道他们的诡计,便和年轻的战士亲热交谈。这些士兵从来没和这么漂亮的女孩如此接近地交谈过,自然谈得热火朝天。而此时,我舅舅下令赶紧溜出茅房。武振雨当时还真的拉起屎来,听我舅舅一声令下,他没来得及擦屁眼的屎就拉起裤子钻进了后面的丛林。我舅舅小组四个人很快就消失在丛林中,留下了身上的背包当掩护。那几个士兵和李小岚他们聊着天,眼睛扫着不远处茅厕墙洞上我舅舅等人的包,觉得包在人一定在,而且潜意识里也许希望他们多拉一会儿,这样就可以和漂亮姑娘多说会儿话。但过了好久,没见茅厕里有人回来,他们发觉不对,就喊了起来。没人反应,等跑过去看,看到的只是几个背包,人早都不见了。

二

我舅舅四个人就是这样偷偷进入越南国境的。

经过最初的惊弓之鸟一般的逃窜,现在他们已经慢下了脚步。在云雾之中的越南山林里,饿得虚脱,眼睛冒金花,热带异国情调让他们产生一种到了极乐世界的幻觉。正饿得想吃皮带,突然看见了山下有几棵香蕉树,上面长了一串串的香蕉。这几个北京长大的青年除了我舅舅外,都没吃过香蕉,只是在书上画上看见过。因为那时运输没那么发达,且也不允许远途贩运水果。我舅舅小时候倒是吃过几回,但不大喜欢这味道。此时,他们站在香蕉树下,如果搭起人梯能摘到香蕉。但这个时候问题出现了,三大纪律八项注意里规定:不拿群众一针一线。这样吃群众的香蕉是不是违反纪律?

"《西游记》里孙悟空他们一路上可都是吃路边水果的。"武振雨咕哝着。

"那个时候还没有'三大纪律八项注意',懂不懂?"

"我觉得这香蕉树有问题,你看这有十几棵树呢。贫下中农哪有那么多的树,一定是地主的,才有那么多树。我觉得地主的香蕉可以吃。"苏鸿飞说。

"越南北方是社会主义国家,已经没有地主了。"李关冬反驳。

"我看这样吧。为了革命事业,我们可以先吃香蕉,然后,等打败美帝国主义之后,我们再过来加倍偿还。以前的红军都是这样做的。"我舅舅赵淮海说。他毕竟读书多,理论上解决了吃香蕉的问题。

于是他们摘了一大捆香蕉,饱餐一顿,还带了一些路上吃。

这个晚上,他们发现了一个山洞,非常漂亮,在一座山峰下面。我舅舅不禁又诗兴大发,口占三首:

> 步经友谊关,周折到越南。
> 舍得室中暖,甘受青山寒。

> 壮志满胸怀,四卷怀中揣。
> 誓把群魔扫,笑迎东风来。

> 战士望北京,胸中满豪情。
> 打败美国佬,喜看东方红。

我舅舅的日记本里留下好几首这一类的"诗",牺牲后还当成烈士诗抄流传过。用现在的眼光来看,舅舅这些诗歌实在是枯燥幼稚无味。我很奇怪舅舅读过那么多的世界文学名著,读过普希金、莱蒙托夫、雪莱、聂鲁达,也熟知艾青、郭小川的诗歌,怎么自己写起诗来总是那样干巴巴的?某些地方甚至可以说狗屁不通。当年我舅舅写这些诗歌的时候,北岛、顾城、舒婷等人已经暗地里在写诗歌了,不知道他们最初的诗歌会不会也这样写的?但不管怎么样,我还是决定把舅舅的诗歌原作放上几首,尽管有的读者会觉得很乏味。

我舅舅朗诵过诗篇之后,几个人就进入了山洞里。

借着夕阳斜照的光,能看见洞里面积很大,倒挂着很多的钟乳石。天很快黑了,四周什么也看不见了,但是能感觉到洞里面有活物的呼吸声,还有一种特别的气味传出来。我舅舅他们心里害怕,但这个时候无处可走,只好在黑暗中待了下来。天全黑了之后,里面有一阵闷闷的声音传出,有一大批的东西从溶洞的深处飞出来。是一种大蝙蝠,它们用超声波导航,不发出声响,因此我舅舅他们在黑暗中不知道从洞里往外飞的是什么。各人想到的都不一样,一个觉得这是一条飞舞的龙,一个觉得是一头妖怪,一个觉得是长着人模样的鬼魂。这种飞舞的声音持续了一阵子,平静了下来,我舅舅他们后来就睡着了。天亮之前,那早先飞出去的东西都飞回来了。我舅舅他们觉得从顶上落下许多温热湿滑的黏物,略带香气,很快他们的身上全部被沾满了。天亮后他们发现全身是屎,才明白原来这里是个蝙蝠洞。好在这种蝙蝠是吃水果的,不是那种吸食牛血的吸血蝙蝠,大便还带着一种好闻的果香。

我舅舅的小组在路上走了七八天,基本吃的是香蕉和地里的红薯。第八天开始,他们进入了一座大山,根本看不到香蕉树和红薯田。他们开始吃山上的野菜,但他们不认识哪些野菜是可以吃的,哪些不能吃,结果吃了一种有毒的野菜,肚子痛得好像肠子要断了一样。凭着年轻人旺盛的生命力,他们没有死掉,扛了过来,终于走出了大山,到了平原上。但一个个都脸色发黑,人瘦了一大圈,走路如踩棉花一样软绵绵的。要命的是,那种毒野菜有一种麻痹神经的作用,他们的脑子里老是会出现幻觉。

在路上找不到东西吃的时候,他们都轮流说北京好吃的东西,靠幻想充饥。有一天,李关冬不知怎么的说起来全聚德的烤鸭,这一下让大家的肚子里咕咕叫,口水直流,眼前老是会有香喷喷的烤鸭在飞着飞着。当他们走得头昏眼花幻觉即将破灭的时候,突然看见了山下远远有个村庄在冒着炊烟。以往遇见了村庄,他们都是马上迂回而过的,因为怕老百姓发现了他们会向政府报告,他们会被关起来送回中国,甚至怕出现更麻烦的事情。但是这一天,他们听到了一阵鸭子的嘎嘎叫声传过来。越往前走,声音越清晰。我舅舅举起望远镜,他们看到了河边有个养鸭子的鸭塘,许多鸭子在水里游来游去,还有些鸭子在鸭棚里面待着。

"你看到什么了?"武振雨问。

"我看到了一个全聚德。"我舅舅赵淮海说。

"说真的,要是现在让我吃一顿烤鸭,我就可以一口气走到河内了。"苏鸿飞说。

我舅舅在安静地观察,他看到鸭塘没有人看管。作为一个指挥员,他明白现在的处境。队员的营养情况非常不好,这样下去看来很难走到河内。如果能吃一顿鸭肉,队员的体力会得到很大的补充,这样就会向崇高的抗美援越目标接近一步。但是,这样做的后果不仅是破坏群众纪律,而且会有很大的危险性。偷鸭子和偷香蕉不同,香蕉是死的,鸭子是活的,会叫的。万一老乡发现了,后果不堪设想。

"要是它们是一群野鸭子就好了,村里人就不会管了。"武振雨说。

"怎么可能?明摆着是村里人养的。三千年前这些鸭子可能是野生的。"李关冬反驳道。

说者无心,我舅舅听了后却思路受启发。是啊,在最初的原始社会,这些鸭子是没有所有权的。恩格斯在《论国家和私有制的起源》里面详细阐述了这一个问题。鸭子是在私有制出现后才有了归属权。马列主义和毛泽东思想阐明:私有制只是人类发展的一个阶段,我们现在所做的一切,都是为了消灭私有制,建设社会主义,最终走向全民公有的共产主义。中国已经实行了社会主义,越南也要实行社会主义。但是,私有制的死心塌地维护者美帝国主义不甘心失败,侵略了越南。我们现在要去做的事就是要帮助越南人民赶走美帝国主义,实行社会主义和共产主义,这样的话,关于鸭子的所有权是值得考虑的。我舅舅还很欣赏马基雅维利的一句话,"只要目的正确,可以不择手段",但他还没有在革命经典里找到证明马克思恩格斯的思想和马基雅维利是否有联系。

经过一番思想斗争,我舅舅在马列主义思想里找到了启示,他们是可以去偷吃这些鸭子的。但尽管这样,我舅舅还是特别关照武振雨要详细记下地点方位,绝对不可以再使用"无名村庄",要保证在革命成功之后上门来加倍偿还。

这是他们的第一次军事行动。接下来的事情有点像堂吉诃德战风车,他们把鸭子当成假想敌。我舅舅带着其他人在草丛里慢速前进,接近了目标。到达之前,他们又做了仔细观察,发现鸭子的确没有人看管,鸭棚还有些鸭在生蛋。我的舅舅第一次冲进了鸭棚,鸭子群起攻击,用喙啄他。我舅舅扑过去抓住了一只大鸭子,大鸭子扇动翅膀,要飞行,我舅舅那些日子没吃饱,虚弱,差点被鸭子带到了天空。但是他很快拗断了鸭子脖子,制服了它,带着扑腾腾的鸭子撤出。武振雨也搞到了一只,撤出来。鸭群呱呱叫着,他们跑出好远了,还听到鸭群在叫。

他们的第一次军事行动非常成功。可以称得上是速战速决,然后以最快的速度离开作战地点。

他们走了近两个小时,两只大鸭子很重,路又很不好走,所以走出来并不是很远。在山边的树林旁有条小溪,他们停了下来,觉得这里已经安全了,就在这溪水里给鸭子煺毛,清洗。他们有小刀,有打火机。树林里很容易找到柴火,很快火烧了起来,他们开始了全聚德烤鸭。

在篝火之上,看着鸭子在慢慢变黄,往下滴油,香气冒出。四个人围着篝火,面对着两只真实的肥鸭子,心里总怕是做梦,或者怕它们会飞走!武振雨的爷爷是厨师,他也略懂点烤鸭的门道,说等鸭子的颜色变成琥珀色了,就表示烤熟了,可以吃了。但是他们都不知道琥珀色究竟是什么颜色,都盯着鸭子看。终于听到了武振雨说琥珀色出现了,大家便动手吃起来。没有语言能形容这鸭子有多么好吃,李关冬说这个时候再来点大酱、葱丝、黄瓜丝、面饼,就好了。大家纷纷称是。

当他们的肚子里装满了鸭肉和鸭油时,那村里的村民发现鸭子被偷,正顺着脚印跟踪过来。他们烤鸭子的烟火很容易地暴露了藏身之处,村民很快就赶了过来。一共来了二十多个人,手持大刀和步枪,还有竹子做的长矛。除了村长是个六十岁的男人,其他都是妇女。只听得一声喊叫,我舅舅他们被围住了。面对着刀枪,我舅舅他们只能举手投降。之后被捆绑起来,押回了村子。

他们被捆在村子中央的木柱子上,边上有个铜鼓敲个不停,还点着好几支大火把,火光照得村寨里的人眼睛发亮。他们看到村里的人都围在这里,看着他们,大声地说话,好像在争论如何处置他们。

"为什么他们在我们边上放了那么多火把?我不喜欢看到火把。"李关冬对我舅舅说。

"他们看起来像是原始部落。会不会是他们觉得我们用火烤了他们的鸭子吃,现在也用火把我们烤起来吃了?"武振雨说。

"完全有可能。这里可能是越南的全聚德。"苏鸿飞说。

"吃鸭子很开心。被人当鸭子吃一定很痛苦。"

"天哪,会不会把我们活活烤死啊?"

全村寨在激动着,像是一个被动员起来的蜂窝在嗡嗡作响。

"我们赶快逃走吧,要不然真的会死在这里的。"武振雨说。他吓得裤子都尿湿了。

"怎么逃啊。我们被捆得紧紧的,就算没捆住,他们有刀有枪,我们也打不过他们。"

"我们一路上都说着《西游记》。赵淮海是大师兄孙悟空。要是大师兄会变小,从绳子里脱出来,那就可以救我们了。"李关冬说。

"说起《西游记》,我倒是发现了一个情况。这村里的人基本是女的,就像是《西游记》里的女儿国一样。"

"这倒是真的,这村里除了有些老人和小孩是男的,怎么看不到一个男的?"

"可能男的都被她们蒸了吃了。她们会不会把我们蒸了吃了?"

"妖怪只蒸唐僧吃,但愿不会蒸我们。"

"还好,我们都还在一起,要是把我们分开了就糟糕了。"武振雨说。可他真是乌鸦嘴,刚一说这话,村民就把他们拆散,分别被一群人押着往村里走去。

"同志们,要坚持住,现在到了最困难的时候了。"我舅舅赵淮海最后叮嘱他们。

我舅舅被一群打着火把的村寨女人簇拥着,穿过了一座座木头房子组成的小街。我觉得这个场面要是画成油画一定很好看。他被拥进一座原木垒成的房子里,被捆在火塘边的柱子上。我舅舅看到了木墙上挂着几张兽皮、弯刀、芦笙一样的乐器,墙角上有一些农具,那火塘的烟把屋顶熏得漆黑。这个时候,我舅舅突然想起了一段毛主席语录,这段语录经常作为最高指示印在医院病人病历本封皮上:"既来之,则安之。"现在他最需要的是镇定。

押送他进来的人退出了房子。门紧闭上了,但是能感觉到外边有很多人守着。屋里面有一个寨里姑娘和他一起。起先,他以为这是看守他的人。她走过来,给舅舅松开了捆绑的绳子,对着他笑,还说很多的话,只是我舅舅无法听懂。我舅舅毫无表情地坐着。

寨女端来一个竹制的筒碗,给舅舅喝水,里面加了蜂蜜的。我舅舅喝了,很甜。寨女给他看一套寨里的衣服,比画着让他去洗澡后换上衣服,因为我舅舅身上衣服很脏很臭了。但是我舅舅端坐着不动,他记得《西游记》里猪八戒穿了妖怪的衣服之后,衣服就变成了绳索。寨女见他不动,就示范给他看,在屋角里有一个水瓮,她用竹制的水桶打出水,把衣服脱了,开始冲洗身体。舅舅在火塘的火光中看见了她的身体白皙,身材瘦小,但乳房很大,好像营养全长到乳房上了。他当然还看见了三角处浓黑的毛丛,覆盖着一个他从没体验过的洞穴。突然之间舅舅感觉到"小弟弟"像弹簧刀一样跳了起来,硬邦邦顶着裤子。他一阵慌乱,但没有失控,马上意识到最危险的考验来临了。对于一个没什么性经验的青少年来说,要抵挡这样的诱惑和魔障真是太难了。就像《西游记》里唐僧可以念佛经守住本真,我舅舅开始在心里背诵艰深的恩格斯著作《反杜林论》选段,把自己的注意力从寨女的身体上引开了:**在这里问题决不在于保卫黑格尔的出发点:精神、思想、观念是本原的东西,而现实世界只是观念的摹写。这一点已经被费尔巴哈摈弃了。我们大家都同意:不论在自然科学或历史科学的领域中,都必须从既有的事实出发,因而在自然科学中必须从物质的各种实在形式和运动形式出发。**当我舅舅艰难地在记忆里寻找这些革命经典句子时,他心里沐浴着德意志古老图书馆的光辉,下面那把弹簧刀自动折了回去。我舅舅木头一样的表现让这个寨女非常失望,她在我舅舅身边比画着,意思是要我舅舅和她性交,然后她的肚子大了起来,然后小孩生下来。她做了一个抱小孩的动作,让舅舅不要离开,要在地里耕田养牛(她用两只手做角在头上,舅舅看懂这是代表水牛的。她说自己有五头水牛,用手指数着)。但是我舅舅一直在装傻,没有反应。最后这个寨女气得抽了我舅舅俩嘴巴走了。之后进来另一个寨女,又是一套诱惑和劝说,但是我舅舅就像是唐僧一样坚定。

第二天,有一个老得像是神话里妖怪一样的老太婆拄着拐杖进来。没想到这个老太婆会说一点广西的中文,她的老公是中国人,死了很多年了。这寨子里的人猜这几个外来的年轻人可能是中国人,所以到附近的寨子里找到了这个会说中国话的老太婆,让她来劝说他们。

现在我的舅舅终于明白了事情的缘由。因为越南一直在打仗,所有的男性都要去应征当兵,而且都是派到了越南南方,去了基本都回不来。所以寨子里都没有男人了。姑娘们看到他们四个年轻小伙子特别喜欢,想让他们留在寨里当女婿,而且会对他们很好。

现在我舅舅终于明白了是怎么回事。他心里有了底,知道不会有生命危险了。他对老人说,村里的男人被政府招去参军是为了打美国人,中国人在帮助越南打美国人。他们四个人就是来打美国人的。舅舅为了加强语气,说是胡志明主席请他们来的。这些寨子里的人不懂天下事,但是听到胡志明的名字马上发抖了,知道这几个中国青年是无法挽留和得罪的。于是在接下来的一天里,我舅舅他们受到了很好的招待。离开村子的时候,那些寨女都送来一大包的食物和衣物鞋子。相对而言,寨女们对我舅舅比较冷淡,而对武振雨他们三个人已经亲如一家了,像是当初陕北边区的女子送红军一样深情脉脉,难舍难分。

在接下来的路上,我舅舅发现他们三个在低声交谈,都躲着他说话,好像在交流着昨夜他们的经历。看得出来,昨夜他们都有过好事,八成是和寨女们有身体接触欢愉过了。我舅舅心里想:你们都不是坚定的革命者,按严格纪律,都该枪毙。但他没有追问,放了他们一马,这事就到此结束。

三

到第十天的时候,他们看见了一条大河横在前方,在河的对面,好像是一座大的城市。

"武参谋,这条河是什么河?不会又是无名河吧?"李关冬说。

"我知道这是什么河了。我不敢说,怕你们会高兴疯了。"武振雨说。

"你快说吧。莫非这是红河?"赵淮海说。

"正是红河,过了河就是河内了。我们就要到目的地了。"武振雨说。

他们兴奋得相互拥抱,真的没想到,他们竟然走到了传说里的河内了。但是他们很快就高兴不起来了,因为不知道怎么样才能渡过红河。河上有一座大桥,但是已经明显地断成了几截。这一条大桥非常有名,是法国人统治时期建造的,由埃菲尔铁塔的设计者居斯塔夫·埃菲尔设计,所用的钢材量比那座铁塔还多,所以号称"卧倒的埃菲尔铁塔"。半个月之前,美国人动用了B-52轰炸机群轮流轰炸,把大桥炸成了几段,巨大的钢梁都倒挂在桥墩上,根本无法走人。在桥头的地方,还看见有越南军队看守。后来,他们发现了江面上有一条小船在来回开动。他们偷偷接近了渡口,在江边的芦苇丛里隐蔽着,看着渡船是怎么渡人的。

在芦苇丛里,他们看见了摇船的是一个女的,在河边等船的人也都是女的,还有几个孩子和老年人。几个女的戴着斗笠,背着步枪。赵淮海一眼就看出是中国造的五六式半自动步枪。"天哪!怎么又都是女的?"我舅舅现在一看见越南女性就害怕。

但我舅舅觉得这是一个机会,决定马上过江。他带着三个人从芦苇丛中走出来,向着小船走去。他们不会说越南语,只是脸上做出笑容,因为他们口袋里没有越南货币,只能白搭船过河。船上的人突然看见这几个穿着和本地人不一样服装的男青年从芦苇中出现时,都显出了警惕,下意识地往后退。赵淮海他们走进了船里,对着她们傻笑。摇船的妇女见没有危险,就把船撑起来,往江中走。

这个时候,我舅舅他们看见那几个背着步枪的女性的脸上也出现了微笑和红晕。她们哧哧笑着,相互低语着什么,又哧哧笑着,还对着他们送来媚眼。我舅舅他们之前领教过她们这一套,现在可老练多了。他们以前只记住了"三大纪律八项注意"里的"不调戏妇女",但没想到过被妇女调戏时怎么行动。

船到了河对岸的时候,有几个妇女已经和他们熟了,在他们身边说着很多他们听不懂的话。到了对岸时,她们拉着他们的手,像是要带他们去什么地方。武振雨等人眼睛都看着我舅舅,等他的命令。他们多么希望我舅舅会同意跟着妇女们走,至少可以去吃喝点东西。但我舅舅觉得这是考验的时候,就下命令快上岸。于是他们都赶紧抽身,后面的越南女在哇哇喊着。我舅舅已经领教过了,催促大家往前跑,以免再次被困。

起初我舅舅对是否真的到了河内还不大相信,现在看到果然是到了一个大城市,还看到了不少地方写着 HANOI,他们事先学习了一点简单越南语言,知道 HANOI 就是河内了。路边上有商店,有不少卖吃的东西。现在他们知道了在城市里混比丛林里更困难。丛林里还可以摘点香蕉、椰子吃吃,但这里都要钱的,偷东西吃是要挨打的。他们饿着肚子在街头转悠,准备去找中国大使馆。

他们转到了一个湖边。这个湖就是还剑湖,在河内的市中心。湖边有一个牌坊和寺庙,上面的对联匾额写的都是中国字。对联写道:卧岛墨痕湖水满,擎天笔势石峰高。我舅舅他们一惊,怎么这里有中国字?

这个时候,他们发现后面跟踪着几个人。这回可不是女的,是男的,还背着长枪短枪。他们用越南话盘问他们。赵淮海准备好了中国的国旗,给他们看。他们不认识中国国旗,但明白了这几个人不是越南人,是来自盟友国家的。当时朝鲜和越南也很友好,他们分不清中国和朝鲜有什么区别,就把他们带到了朝鲜大使馆。朝鲜使馆人员指出这几个人是中国人,越南便衣警察才送他们去中国大使馆。我舅舅他们终于看见了中国的国旗。

这四个腌臜不堪的小伙子坐在使馆院子的台阶上,工作人员没让他们进会客室。好些人从屋内跑出来好奇地看他们。这时,大使朱其文出来了,打量着他们,问他们是干什么的。

"我们是红卫兵,要到越南参加战斗,打击美帝国主义。"我舅舅说。

"乱弹琴,你们这个样子怎么去打击美帝国主义?难道是来参加打群架?你们这样做完全是没有组织纪律性,会给我们的工作添麻烦。"

"毛主席说过,七亿中国人民是越南人民的坚强后盾,辽阔的中国领土是越南人民的可靠后方。毛主席还宣布过:中国人民将采取一切必要措施,甚至不惜承担最大的民族牺牲,全力支援越南的抗美救国战争,直至彻底打败美国侵略者。另外,伟大的列宁也曾说过:工人阶级没有祖国,革命是没有边界的。"我舅舅赵淮海滔滔不绝地说道,"我们的决心已下,如果你们不安排我们到部队,那么我们自己会继续去找。"

"听着,这件事我们使馆没有权力决定,我们得请示国内上级部门。你们这段时间得老实待在使馆内,不要出去惹麻烦。"

我舅舅他们在大使馆里白吃白喝待着。两天之后,他们被喊了过去。大使朱其文说:"你们很幸运,外交部转了我们的电报给周总理。周总理特批了你们的要求,让你们参加已经进入越南的高炮部队锻炼。准备一下吧,明天有高炮部队的车来接你们。"

第 三 章

一

关于我舅舅他们是接到了周总理的特批一事我将信将疑。我看到一篇网上流传的文章里谈到周恩来的批文内容是这样的:

"四位革命小将没经中越双方的许可,就私自到了越南,使我们感到为难。但是为了满足他们援越抗美的要求,我建议他们到我援越抗美部队锻炼一个时期,然后随部队轮换时回国。下不为例。"

我反复看过这一段文字,觉得和周恩来的口气不是很像。也许是外交部一个官员说的话,后来的人就把这一段文字加到周恩来头上。还有一种说法说最后四个字"下不为例"是林彪加上去的。这个说法我觉得不靠谱。但是有一个事是真的,我舅舅和周恩来的确有一张合影。我看到照片下方有一行字写的是1966年8月,照片上有十二名红卫兵,四个女的,八个男的,除一个穿着蒙古族袍子外,都穿着军装,两个扎着腰带,有三个戴着军帽,四个手里有红色的书本。背景像是在一个大厅的入口,大厅内摆着一尊白色的毛泽东胸像,周恩来站在毛泽东雕像的左侧,右手弯曲在腹部位置。这张照片的拍摄时间就在我舅舅前往越南两个月前。我很快在网上看到了另一件周恩来批准十个女红卫兵到越南的事情。我想那段时间周恩来应该是日理万机的,怎么老是去做批准红卫兵到越南的事情?

舅舅那天到达连队时是深夜了。部队知道这些红卫兵难对付,还有周总理批示的背景,小心谨慎地接收了他们。到连队时,我舅舅和武振雨等人被拆散了,分到不同的连队,大概部队是怕他们在一起会闹出新的鬼花样来。舅舅赵淮海分到了高炮61师85炮六连一班,也就是前面说到的马金朝那个班。那个晚上舅舅的心情一定有点怅然,因为和同伴分手了。他有一首诗留下来,关于他的诗歌我前面已经领教过,但它们忠实地记录我舅舅的思想活动,我还得引用一下。

《想念毛主席》

越南的夜晚

北斗星亮得耀眼

我遥望北京啊

浮想联翩

我在想

在这夜深人静的时刻

我们敬爱的领袖可曾安眠

我仿佛看见

中南海最亮最亮的一盏灯在闪

一位巨人

还辛勤工作在灯前

他,拿着一支金色的笔

笔下,勾出的是最美丽的明天

我舅舅在那个夜里思念着中南海的灯光慢慢入睡。不知什么时候他醒了过来,天刚蒙蒙亮。他从上铺看到下铺有个士兵动作轻得像猫一样已经起床。我舅舅看到他轻轻拿起牙膏,挤在一把牙刷上,那个军用的搪瓷杯里已经装了水,然后,他像猫一样走出去,很快端了一个脸盆回来,里面有半盆水,放在小桌子上。我舅舅有点纳闷,为什么洗脸要端水到屋里,外边不是更方便吗？就这时,看到对面下铺那个睡觉的人翻了个身,坐了起来,他就是昨夜里见过的班长马金朝。舅舅赶紧闭上了眼睛,装着没看见。然后他看到马金朝起床了,端起了已经倒满水的茶杯和牙刷出去,在门口刷牙,把水吐到了草丛。然后回到屋内,把一条本来白色现在成灰色的毛巾泡到那个兵打好水的脸盆里洗脸。我舅舅明白是怎么回事了,原来一个班长也有人拍马屁的。他在军队大院里长大,见到的团级干部都算小的。他知道部队是个等级森严的地方,现在他总算第一次亲眼看到了。趁班长出去倒水时,我舅舅赶紧起床,从上铺爬下来。

"起来了?"马班长进来时看到我舅舅,和他打了招呼。

"早上好。"我舅舅说。我舅舅昨天半夜里才到连队,还没和班长说上话。马金朝长着一对像年画里的关公一样的眼睛,两眼梢往上挑。他的头和脸都大,背有一点点驼。

"上级把你分到了我们班里,欢迎你。以后你要和班里的人一起生活训练。但是有一条,你不可以参加战斗,这是上面的意思,听说还是党中央的意思。"

"那战斗的时候我干什么呢?"我舅舅问。

"连长的意思是让你战斗时去炊事班帮忙,这也是很重要的任务。"马金朝说。

"战斗很多吗?"

"还不是很多,我们打下过几架飞机。最近来的都是侦察机,没来攻击轰炸。目前还是雨季,不利美国飞机飞行和轰炸。但是旱季很快就开始,我觉得好戏马上要来了。"马班长说。

"我一定要参加战斗。"我舅舅说。

"这个你和上头说吧,我这个小班长做不了主。今天是星期天,上午没有其他训练,但我们刚转移了阵地,要加固工事。你一起参加吧。"

早饭是在连队的统一饭堂吃的,在阵地脚下约五百米,而炊事班在附近的小溪边,是一个竹子搭成的大棚屋。早餐吃的是稀饭馒头。我舅舅看到了稀饭装在木桶里,表面上看着就是一桶米汤。他看到前面的兵从木桶里打到碗里都是很稠的稀饭,而他用长勺子往桶底打捞,捞起来全是米汤,没有几粒米。这时边上一个老兵模样的人拿了他的勺子,往桶底轻轻绕了一下,轻轻一提,提到上面全是稠稠的白米稀饭。老兵对他说:"记住口诀:打粥不能慌,一慌全是汤。"他对我舅舅笑笑,就走了。后来我舅舅知道他是沈士翔,是侦察排的。他们后来成了朋友。

当天上午,我舅舅跟着马金朝去新的阵地打伪装和加固工事。他们刚刚转移过阵地,每一次炮战之后,敌机的仪器都会记录下每门火炮的位置,所以必须转移。而这一次,他们从侧翼转移到了中心的位置。这就是马班长说的好戏就要来了的原因。我舅舅到了阵地,看到了火炮的掩体一半在地下,上面披着伪装网,铺满了绿色的树枝。每门火炮阵地边都插着红色的语录牌。

从这里可以看见外苏河的桥。隔着距离,外苏河的桥看起来是两个山峰之间很小的目标。美国飞机要炸这座桥,必须从两座山峰之间俯冲进来投弹,高空投弹是打不中目标的。马金朝指着河谷两侧山峰的山坡,说这两边的阵地上隐藏着半个高炮师的火力,几百门口径不同的高炮构成一个交叉的火力网。美国人在这里被打下了好几架飞机,讨不到便宜,最近都没来。但旱季到了,天气晴朗,能见度好了,大的战斗一定会来的。

我舅舅放眼望去,的确看到了山坡上密集排列着我方的高炮阵地。但他看到的不是火炮,火炮都伪装过了,他看到的是山坡上密密麻麻的阵地前的语录牌,有一道山梁上甚至还有一个天安门的模型造像,红通通地在阳光下反射着,很醒目。我舅舅有点疑惑,他飞行过,知道这样的红色目标在空中是很容易被发现的。

此时他看到山下有一小队的人敲锣打鼓走上山来。马班长说这是政工组的人送最新的毛主席语录红色小本来了。是新出版的,红色塑料面,可装在上衣口袋。锣鼓的声音越来越近,阵地上打伪装的人都停下了工作,迎接着政工组的人员。阵地上举行了赠送毛主席"红宝书"的仪式。我舅舅站在第一排,打量着政工组长。政工组长三十多岁,有一张白净的脸,高高的鼻梁,胡子刮得干干净净。虽然是战争年代,他的军装还是穿得特别整齐,风纪扣都扣上了。天气热,没有人在军装里面穿衬衣,但他军装领子上衬了一道白边,是雪白的。不知为何,我舅舅一开始就对这位政工组长产生了反感。我舅舅从小在军队大院里长大,他喜欢那些粗犷的大大咧咧的军人,像政工组长这样衣装的人不知怎么会让他联想起浦志高、高自萍之类的反派人物。

"你就是从北京来的红卫兵？"政工组长走到我舅舅面前，停下来，上下打量了他一番，然后看着他的眼睛说。

"是的，首长。"我舅舅立正说。

"请你把小胡子给我剃掉，你这个样子像个阿飞，稀稀拉拉的。不要以为自己是北京来的就可以搞特殊化。"政工组长说。

"是，首长。"我舅舅回答。他觉得政工组长对他有某种敌意。他的确是留着一点唇须，发育后长出来的，始终就那么长，正在变得浓黑。他还从来没用过剃刀，觉得那是成年人用的。还听人家说，刚长出来的胡子要是去剪它，会越长越粗。

政工组长在赠送仪式之后，并没有马上走开，而是在阵地周围检查了毛主席语录牌。他指出现有的语录牌尺寸太小，而且只有两块，这样的阵地至少要放置五块大的。他强调毛泽东思想是我们战胜美帝国主义的重要武器，是我们的力量源泉，必须要保质保量布置到位。他对随同而来的连队指导员说：限期在二十四小时内做好。

"报告首长，我有一个问题。"我舅舅大声说。

"什么问题？"政工组长看着他。

"我觉得，在阵地上竖起醒目的红色语录牌，会暴露阵地目标的，和我们现在做的伪装起到相反作用。"我舅舅说。

"你怎么知道？难道你是敌机的飞行员吗？"政工组长看

着他的眼睛,鼻尖对着他说。

"我不是敌机飞行员,但是开过飞机,是北京航空滑翔学校的学生。我们专门学习过在空中如何发现地面的目标,红色的牌子和周围的地形绿色树木形成了鲜明的对照,正好给敌机提供最好的识别目标。我觉得这正是毛主席所反对的形式主义的表现。"我舅舅表达着自己的看法。

"你不要在这里散布消极的言论,当心你的政治态度!"政工组长按住怒火,警告他说。

政工组长走了之后,马金朝对我舅舅说,你可把他给得罪了。这人不是61师高炮部队的,而是福州军分区高炮团的。因为外苏防区有来自不同军种和军区的部队,所以有一个统一的防区组织机构。这个政工组长听说在部队入越之前,是南方军队里一个造反组织的带头人,能说会道,善于做宣传和鼓动,所以一到外苏防区,很快把政治宣传工作的权抓到了手里。他虽然级别不高,但手里的权力蛮大的,有关政治方面的事情他都会参与决定。他管着一份《通讯简报》,发行到各部队,还会送到中央军委去,所以防区部队的领导都小心翼翼不敢得罪他。马金朝说,你以后可不要乱说话了,要是上了他的《通讯简报》那就完了。至于语录牌子暴露目标的事情等敌人飞机来了再说吧。我舅舅笑了笑,他并没觉得政工组长那么可怕。

这天下午休息,没有训练,也没有战斗情况,好些士兵在打牌。沈士翔过来找我舅舅说话。他带来了几样东西:几块飞机的铝皮,还有一块布料。

"知道是什么东西吗?"沈士翔说。

"是降落伞的布吧?"我舅舅说。他看了看布料,认得是高强度的降落伞布。

"好眼力,你怎么一看就知道?"沈士翔说。

"我在北京航空滑翔学校读书,见过降落伞。还在高塔上试跳过。"

"那这几块铝片你应该知道是什么了。是美国飞机的残骸,我们连打下的。"

"真的?是哪个班的炮打下的?"

"这里的炮班都打下过飞机。我是侦察排的,测高机操纵手。打下飞机也有我的功劳。"

"你看到过飞机被打中时是怎么掉下来的吗?"

"我看到被打中的飞机冒着黑烟一头栽下山谷,好久才会听到一声巨响。因为飞机投完弹要飞回去的,机身里还有大半油箱燃油,落地爆炸后会燃起很猛烈的火,持续很久。也有空中解体的。飞行员跳伞。我们不会射击他,因为跳下来就是我们的防区,会抓到他们的。"

我舅舅想起电影里看到的飞机被击落的情景,就是这个样子的。他感到莫名的激动和自豪。

"星期天,没有战斗情况时,我们就会去找这些飞机残骸。有的时候,是越南老乡找来的,我们可以拿东西偷偷和他们换,不能让领导看到。飞机上的大的部件都会给当地越南军方收去,只有一些小零件小碎片还散在那里,我们去找东西也得小心,周围经常会有未炸的爆炸物。有一次一个兵捡到一个核桃一样的子母弹,放在口袋里,回来的路上炸了。"

"你们捡这些东西派什么用呢?"

"用来做纪念章和纪念品。这些合金铝熔点不很高,放在罐头盒里用柴油烧就可以溶化。然后倒在模子里可以铸成毛坯,经过打磨上油漆就成了。那些降落伞布可以做成锦旗,战士们自己在上面绣字,现在除了训练战斗,空余的时间大家都用来做这些东西。大家都在比赛谁有更多的像章。防区的政工组要大家表忠心,连队里有个表忠心展览室,里面放置着每个人做的表忠心的物品。很多士兵觉得忠心表得越多,进步就可以越快,所以会特别热心做纪念章。有的人不会做,只好拿东西和人家换。"

"看来你好像是个专家,知道得这么多。"我舅舅说。

"是啊,我是连队里纪念章做得最好的人。你知道,手里有一些纪念章可有用处了。送给领导几个什么事情都好说了,入党、提干这些事情都有希望了。"

"真没想到,纪念章还有这样的用途。"我舅舅笑着说。

"我可以仿造任何样子的纪念章,问题是我这里的模型种类太少太旧了,都是半年一年前的式样,听说国内现在有很多新款式,非常好看。你刚从北京过来的,知道你藏了好几个。你能让我看一眼吗?"

我舅舅很惊奇这里也有纪念章的"交换市场"。在北京,有很多个自发的像章交换市场,他经常去北京西单一个交易市场,大家相互交换,各取所需。没有人用钱买卖,但有一次一个人用一条小狼犬换走他一个"韶山红太阳"。他在越境进入越南时,的确是在衣服里层藏了好几个像章。那是他的经验。因为在串联时,就像过去逃难时人们会带上细软金条,关键时拿出来救命。他带了像章一样管用。大串联到外地,当他吃住行遇到困难时,只要拿出一个好的像章,立刻就有吃有穿,通行无阻。

我舅舅因为有了在西单交易纪念章的经验,知道好的东西不能全拿出来。他从自己的藏品里拿出两个他自己认为是"中品"的像章,给沈士翔看。

说真的,我舅舅收藏的纪念章都是精品。当时在北京设计纪念章的都是美术界的最顶尖的人才,铸造的工艺也好。所以当时沈士翔看到这两个像章就像今天我们在故宫里看到珍宝一样,看得眼睛发亮,直吞口水,沈士翔请求我舅舅让他借去做石膏模子,回报是会还给他两个飞机铝片做的纪念章。我舅舅加了个条件,还要他有空余时教他学测高机的操纵。沈士翔知道我舅舅身上还有潜力可挖,就说如果再借给他一个纪念章,他可以介绍舅舅认识一个女孩子。

"这里哪有女孩子?你说的是越南姑娘吧?我可领教过她们的热情。"我舅舅说。

"越南姑娘身边没有年轻男人,欲望很强,会特别主动。上个月我们连帮助当地老乡收割稻子,那些越南女一有空就来找戴手表的人,她们大概也知道有手表的是干部,或者家里有钱的。她们拿起戴着表的手腕看来看去不放下,谁要是趁机摸摸她们,她们一定会乐意让你摸,只是大家都不敢。我没有手表,有越南女来的时候,我向二排长王立沧借表戴,还被他敲诈去了两个纪念章。"一说到越南姑娘,沈士翔马上兴奋起来。

"可是这些越南女不会对纪念章感兴趣吧?"我舅舅说。

"我不是指越南女,而是说在河对面山谷里的野战医院,有好些个女兵。她们可是真的很漂亮,不过很冷漠。"

"你怎么知道呢?"我舅舅问。

"你知道吗?我是师部文艺宣传队的,是吹西洋笛和圆号的。部队在福建那边的时候,宣传队是很活跃的,经常要下连队巡回演出。宣传队里当然有女兵啦,有个拉小提琴的女兵,小提琴拉得很好,人真漂亮,气质像是童话里的公主。她和我很熟,但就是对我没有一点好感的意思。我没想到,这回她也跟着野战医院到这里来了,我和她上个月在转移阵地的路上匆匆见了一面。我正在找机会去野战医院见见她。你要是愿意再借我一枚纪念章,我可以介绍你认识她。"

"那我得先看见她再决定。"我舅舅说。他心里对这个拉小提琴的女兵有点好感,但他觉得得先看看她,要是不漂亮的话他就不再借给沈士翔纪念章,或者借给他一个小一点的。

"好,一言为定。"沈士翔说。

二

舅舅在第一次战斗到来之前,在炊事班照看着一群从国内运来的猪。前方情报显示最近几天会有大的空袭,上级让我舅舅不要参加炮班训练,到炊事班里帮厨。我舅舅只得服从命令。顺便说一句,我舅舅遵照了政工组长的命令,把唇上的胡须剃掉了。是班里的袁邦奎帮他剃掉的。袁邦奎就是我舅舅到连队第一个早上看到的给马金朝挤牙膏端洗脸水的那个兵,他一有空就做好事,包括给战友理发。我舅舅让他理了发,还剃了唇上的胡须。刚剃了唇须他很不习惯,老是觉得有怪怪的感觉,手不自觉地会摸摸上唇。

炊事班安扎在山下河谷边的丛林里。这里最高的长官是司务长,他有一颗金牙,是个排长级的干部。司务长之下就是炊事班长,还有一个上士,负责买菜买米之类的事情。上士本来是个军衔,可那时军衔已经取消,还用这个叫法谁也说不出道理。我舅舅看到这里的食品供应很充足精良。有大堆的大米和面粉,有山东大葱、白菜,很多的罐头,还有在当地用军用代金券购买的空心菜。我舅舅听他父亲说解放前打仗时吃得很不好,朝鲜战场也老是吃炒米和压缩饼干。但这里的伙食明显改善了,因为离国内很近,可以用车子直接拉过来。炊事班里人人都在忙,百来人的饭食做起来很热闹的。我舅舅不会做饭,炊事班长建议他去照看一下刚刚从国内运来的猪,有三头,是一个月的用量。三头肥猪在中午的热天里躺在茅草猪棚里呼呼大睡。每头猪的右边后腿上拴着一根红色的电线,是分配时留的记号。

这是个大晴天,万里无云。舅舅望着蓝天,身边是臭烘烘的猪圈。上面我就说过,舅舅那个时候读书很多,已经有了哲学家一样的头脑。他敬爱毛主席也就是因为崇拜他的宏大思想体系。此时在猪棚里,因为猪的气味和打呼的声音,他陷入一种很奇特的思考之中,那就是:苏格拉底和猪谁更幸福的问题。这一个命题是他以前在读马克思的《资本论》时遇到的。当时因为马克思的书里经常会遇到黑格尔的问题,还看到恩格斯建议研究马克思的同时必须研究黑格尔,所以他暂时搁下了《资本论》转而去读《小逻辑》。就是在读《小逻辑》的过程中他在一条注释里看到了"苏格拉底和猪谁更幸福的问题"。这个命题出自英国人约翰·斯图尔特·密尔《功利主义》一书,具体一点说是这样——做一个不满足的人胜于做一只满足的猪;做不满足的苏格拉底胜于做一个满足的傻瓜,如果那个傻瓜或猪有不同的看法,那是因为他们只知道自己那个方面的问题。而相比较的另一方即苏格拉底之类的人则对双方的问题都很了解。

当我舅舅沉思着猪和幸福问题的时候,从北部湾的美军航空母舰、泰国的美军基地和越南南方的岘港军用机场,已有一大批不同机种的战机起飞升空,朝着外苏河等目标飞了过来。部署在越南北方的中国军队指挥所发出了空袭的预报。这些情报信息来自于前沿的雷达、观察哨,还有越共方的间谍。美军的飞机是从三个地方起飞到了北越上空之后经过空中加油机加油后再编组的。大型轰炸机主要来自泰国境内的美军机场,小型轰炸机来自南越岘港机场,大部分攻击性的飞机则来自于北部湾的美军航空母舰"中途岛"和"企业"号上。北越那时只有四十六架苏联制造的米格战斗机,在中国受的训练,此时刚刚飞回到越南,都藏在山洞里,不敢升空作战,因为美国人有完全制空权,一飞起来可能马上被击落。

在外苏河防空区,沈士翔是最先看见美军机队的人。他的测高机的目镜在阳光强烈反射下看到敌机出现了。敌机的编队非常庞大,多到他数不清,看花了眼睛。指挥所下达了和以前一样的命令,集中火力打最接近的飞机,忽略其他的飞机。因此在飞机进入了射程之后,黑压压带着巨大的怪响扑来时,所有火炮都没有射击开火。就这个时候,所有的人都能看到前面一排鬼怪式F-105飞机的机翼一抖,有两个黑色纺锤形的东西掉了下来。投完弹敌机马上想拉高,但是来不及了,开火的命令已下,一个营的火力几十门炮对准前排三架正露出肚腹的敌机开火,能听到炮弹击中飞机的巨响。被打中的敌机冒着黑烟,还在继续往高处飞。但几乎是同时,鬼怪式飞机投下的炸弹在空中打开了,飘出了一群蜜蜂一样的东西,在四处飞舞,接着就噼噼啪啪地炸响了。阵地笼罩着浓重的炸药爆炸之后的刺鼻气味。不好!是子母弹。连长在通话器里叫道:注意隐蔽!而此时,阵地上已经被子母弹爆炸的波浪笼罩着,这些带着翅膀的小圆球炸裂开来,迸发出几百个钢珠。能听到打在火炮上面发出的铛铛响声,很快就听到伤员的呻吟和叫喊。

一波刚刚过去,第二波飞机又扑来了。上面下达了射击的指令,六连长一摸脸上全是血,也不知是自己伤了还是别人的血溅到自己的脸上了。他下令全连火炮射击,但是看到只有三门火炮的炮管在转动,还有三门都不动了。连长用有线电话和无线对话机喊这三个班的班长都没反应,就命令三门还能打的火炮连续射击,组成一道火力墙。敌机群发现六连阵地地面火力有所减弱,就集中扑过来攻击轰炸。敌机通过一段时间的侦察机拍照和地面的间谍情报,摸到了中国高炮部队阵地上遍布着红色语录牌,所以只要发现有红色反射物的地方就大批扔下炸弹,基本上都炸中了目标。

此时马金朝的炮一班被一颗爆破弹打中了。炸弹打在阵地左侧十米不到的地方,那里插着的语录牌被炸得不见了踪影。马金朝在敌机到来之前,偷偷将两个语录牌往后面移动了约五十米,但是这一块在前面的他没敢移动,怕被人看见了,结果真的打上了。炸弹掀起的气浪把一大堆的土抛向了阵地,把上面的伪装网全掀走,好些个人被土埋住。等他们从土里钻出来,马金朝马上检查班里人员是否有受伤的,看到每个人都还活着,但是看到杨森海坐在那里起不来,说不得劲。一看,他肚子上有一摊东西,马金朝眼睛全是灰尘,擦了擦一看,原来他的肠子跑出来了,在外面沾着尘土,还在不停蠕动。这里没有卫生员,马金朝想起了以前听说过肠子打出来可用茶缸子扣住包扎,他赶紧找来一个饭盒,扣住了杨森海的肠子,用急救包给他缠起来。此时杨森海还很清醒,也没说痛,就是不停地大骂狗日的美帝国主义。这个时候连长的声音在步话机里叫喊着,问马金朝还能不能打。马金朝说还能打。他让班里的人马上检查火炮,火炮还管用。敌机这个时候已经掠过了头顶,又是一连串的爆炸声。杨森海本来是负责发射的二炮手,现在站不住了,但是他不愿意下火线,说让他坐着装炮弹的引信。老马命令各炮手各就各位,装弹开始射击。敌机越来越多,几乎没有办法打上级下达的诸元。连长命令各炮自行选择射击目标,一定要多打下敌人飞机。就在连长下了命令之后,敌机突然又大批扑来了,看得出美国佬是恼羞成怒,要置地面的高炮阵地于死地。马金朝现在听不到上级的指令,就直接对着瞄准手下达打哪一架飞机,高低机和方向机的操纵手完全靠着默契,咬住一架飞机,接连打上几发炮弹。突然,三炮手装填炮弹时发现杨森海不行了,他手里还拿着一枚引信,但是没有装到炮弹上,靠在炮架上不动了。他的眼睛没闭上,还看着天空。马金朝赶紧过去查看,他已经没有呼吸了。

我舅舅在战斗打响之后还坚守岗位,看管着三头大肥猪。那些肥猪都吓得往草堆里钻。他并不知道阵地上的伤亡,只见天空上和地面上全是爆炸烟雾,整个外苏河谷成了一条喷火的龙,地在震颤山在摇晃着。他看见了敌机一阵阵扑来,投弹后拉高,转了一个圈再次俯冲。阵地上浓烟滚滚,还有几处在燃烧着大火。空气中全是炸药和烧焦的气味。突然,他看见一架飞机在高空爆炸开花,一定是被威力强大的100炮打中的。然后,他看见了一个降落伞弹出来,向河谷以南的地方飘去。他心里突然觉得有一种强烈的关切,这个跳伞的美国飞行员是个什么样的人?是白人还是黑人?他为什么飞到这里?他现在在空中想什么?想他的父母亲?想他家乡的河流或者城市?他应该是个年轻人吧?也许他已经死去了,听说美国飞行员都带了自杀毒药的。

就在这个时候,一架敌机俯冲过来投了一颗炸弹,可能是炊事班的炊烟让他们观测到了。我舅舅还没反应过来,飞机已经从头顶掠过,气流把地面的草都吹了起来。接着就是一连串爆炸巨响,他被抛到了空中,又掉下来。他发现自己没有死,也没伤到,只是半身都是浮土。还没来得及庆幸,他听到肥猪在惨叫。一头猪的脑袋被炸没了,已经死掉,还有一头炸伤了,死命地嚎叫,另有一头则逃脱了,往树林里狂奔。

忽然听得炊事班长在喊人。我舅舅回头一看,炊事班的房子着火啦,屋顶在燃烧着,火势很快蔓延。炊事班的人都跑出来救火。这个时候敌机还在攻击。如果不把火扑灭,伙房里的东西都会烧掉,全连的人就吃不上饭了。这个事炊事班长可不答应,全连官兵拼着老命打了一仗,结果没饭吃说得过去吗?而这个时候,我舅舅看见了对面的山下有一个老人和女孩往这边疾步跑过来,手里拿着带钩子的长竹竿,像是要来帮助救火。敌机就在头顶上擦着树顶而过,他们还是一直在跑着,跑向炊事班的屋子,加入了灭火的队伍。他们用带钩子的竹竿拉下屋顶上燃烧的草顶,火势就得到了控制,最后总算把火扑灭,人员也没伤亡。这个时候炊事班长接到连部的命令,说阵地上伤亡很重,好几门炮都不响了,命令炊事班的人员立即到阵地去补员,参加战斗。班长看看锅里的饭还没熟,菜也没烧好,但也没办法了,只得带着炊事班的人马往阵地上跑。他觉得我舅舅不是炊事班的人,就让他留下别走,看管伙房。

我舅舅站在没有屋顶的炊事班里,心想着要做点什么事情。有几分钟的间隙,阵地上突然静悄悄了,能听到阵地上人们大声说话,还有伤员痛苦的叫喊,让我舅舅的心里非常难受。我舅舅在伙房再也待不住,也不管命令,就往阵地上跑。他知道马金朝的阵地位置,就去找他们。一路上火炮不断,树木全削平了,伪装全部吹掉,我们的火炮完全暴露着。他看到了树枝上挂着一只炸断的手,还有些树枝上挂着撕碎的军装残片。很多地方还在燃烧,发出刺鼻的浓烟。

阵地上,马金朝班长靠在炮轮上,其他人也都在休息,喝水抽烟。每个人脸上都有血迹泥土,眼睛显得乌溜溜的,和平时样子完全不一样了。马金朝看到了我舅舅,说你来啦?谁让你来的?我舅舅说炊事班的人全上去了,只留下他一个人,他自己决定到阵地上来的。马金朝说这样也好,这里缺人,你来了能派上用场。杨森海牺牲了,瞄准手和一炮手都重伤,送下去了。

马班长说自己站不起来,腿伤了。我舅舅看到他的左小腿包着绷带,血从里面渗出来。原来他的左小腿被弹片打中骨折了,马金朝用了一块炮弹箱的木片做支撑加上绷带包扎了伤腿,不愿下阵地去。我舅舅上来时,他才坐下休息了几分钟,抽了一支烟,但是马上开始指挥班里的人去更换炮管。阵地一边已经排列着四根炮管,炮管在连续发射之后会发热变形,得换上冷却过的炮管才能继续发射。趁着敌机还没到来,马班长把炮管换上,把弹药整理好,还加固了工事掩体。

没有多久,空袭警报又响了,只见在东边天空又有一群黑影扑过来。一眨眼工夫，阵地上地动山摇。敌机俯冲过来。马班长让我舅舅扶他一把，站了起来。好！狗日的美帝国主义，看我怎么收拾你！马金朝咬牙切齿地骂。他现在亲自当瞄准手，抓住了一个目标，发射出炮弹。敌机的炸弹又一波波投掷下来，还使用航炮直接扫射。但是马金朝的六班高炮在剧烈的爆炸中继续喷火，又有一架敌机尾部冒烟，一头栽下去。我舅舅今天什么也做不了，但在一阵阵的爆炸中，他完全没有畏惧。死神就在身边，他一点也不害怕。无疑，他是一个战士了。

就在不久前，我在网上看到了高炮61师老兵论坛群里一个叫韩月鸣的高炮团长写了一段当时的描述，我把这段真实写照文字放在下面：

15点45分前方指挥所报告机群距离五十公里，航向外苏。15点47分地监哨报告发现F-105九架品字形，航向外苏，紧接着中炮连先后报告发现F-105九架品字形进入。我指挥员稍后约在17000米发现F-105九架，以2号方向入侵，高度3000米左右。我在11000米，下达命令全部对准第一架集火。二连阵地突前，航路捷径小，15点51分，距离6800—7000米首先射击，紧接着一、三连射击，九个37炮连五十四门37炮也同时射击。高射机枪连十二挺枪像四十八条火龙射向敌机，火力集中猛烈。中炮连第一个齐放有八个炸点在敌机中品字形爆炸，多个炸点让敌机中弹冒烟，领航敌机中弹后飞行状态不稳,编队队形乱了套,有一架敌机向左飞行飞到二营火力范围,又中多发37炮弹后(看到白点冒烟)拖着黑烟朝二号山后坠落。其余八架因领航敌机被击落,无规则飞行,全部乱套,无目标乱投弹。有一架向右飞行,飞到三营火力范围,七连八连同时猛烈射击,也中多发85炮弹后(看到白点)往七号方向拖着黑烟朝海防方向逃窜。被击落敌机残骸全部找到并拉回团部,有的拉回国内。这一战,是61师入越后打得最壮烈的一战。

和我舅舅连队相邻的是二连阵地,他们的伤亡情况要严重得多。连部的指挥所挨了一颗子母弹,二连长负了重伤,一块弹珠打中了他后脑部。卫生员、通信员和一个战士抬着他下去。山路不平,担架也不好,是用一块木板做的,边上的人得小心护着才不会让伤员掉下来。抬担架的人看到连长脑后的血越来越多,脸色越来越白,他的眼睛始终盯着天空。通信员在二连长的耳边一直念着:下定决心,不怕牺牲,排除万难,去争取胜利!卫生员知道连长伤得很重,担心他撑不过去。他看到连长脸上的微妙表情,一开始是处于紧张状态,过了片刻,他的脸部表情慢慢地放松、平静,还出现过一丝微笑,持续了一分钟左右,又渐渐消失了。他的脸色越来越灰白,死亡的阴影已经遮盖过来。通信员发现了连长的手指头在动,做动作表示想说什么话。这个时候,抬担架的人已经能看见公路,野战医院的人员出现了,救护车停在了山下。连长轻声说:你们别念语录了,我要对你们说几句话。卫生员让大家停下,听连长说话。连长喘了几口气,深情看着天空,说:"我知道自己不行了。请告诉我的家人,我对不起他们,以后不能再照料他们了。我这只手表请带回去交给我妻子。我还想给儿子买一辆发条玩具汽车,我答应过他的,现在只能请你们帮我做了。"二连长说着说着闭上了眼睛,断了气息。

第 四 章

一

现在我能很清楚地说出我舅舅的高炮阵地是在越南北方外苏河地区。但在谷歌地图出现之前,我并不知道外苏河在越南地图上的准确位置,也不知外苏河的英文名字是怎么写的。自从我使用了谷歌地图,看到了外苏河的河床和山谷,看到了那一座横跨外苏河的大桥,对于我舅舅当年的存在有了实证的感觉。谷歌地图还让我知道了外苏河与北部湾海域的距离,因为攻击外苏河阵地的美军飞机一部分是从北部湾的航空母舰上起飞的。我查到在北部湾执行过任务的美军航母有中途岛号、福里斯特尔号、企业号等。除了中途岛号已经退役,其他的几艘航母都还在服役。我关注着这几艘航母,因为美国航母靠岸时有时会让市民上去参观。我等了好久,才在纽约新泽西等到一次,是尼米兹级别的肯尼迪号,核动力的,但它并没有参加过越战。我登上了航母的甲板,看到几十架各种机型的作战飞机。我作为一个中国人,而且还因为姥爷和舅舅都和美国军队拼死打过仗,总觉得人家FBI会在监视我,有点心虚不敢多看多问。那天登上航母的人特别多,好多是中学生,有着漂亮大腿和胸脯的女孩子热衷于和水手们拍照片。我也拍了几张照片,没觉得特别有意思。我查看了今后几年的预告,再也没有越战航母会靠岸可以参观的消息了。

不过后来一天我突然看到一条消息,说美国海军已将中途岛号赠送给加州圣地亚哥城市,建成博物馆永久停留在那里。之前我所知道的是中途岛号在1992年时已经退役,我以为它将会被解体,作为废铜烂铁回收了。没想到它还存在,还会停靠在海边向公众开放。不久之后,我看到了中途岛号建立了网站http://www.midway.org/,是个商业网站,在圣地亚哥正式开放了,分为历史、船员资料、导游图、纪念品商店、门票等部分。

在航母历史这个页面上分为好几级菜单,最上面的是简介,中途岛号于1943年开始建造,1945年建成入列,名字是为了纪念美国人打败日本人的中途岛海战。中途岛号无缘于第二次世界大战,但是紧接着参加了朝鲜战争,是主力攻击航母。朝鲜战争之后,加入了太平洋舰队。在解放军攻下东海岛屿大陈岛之时,中途岛号帮助了国民党军队撤退逃亡。之后,中途岛号一直在南中国海和西太平洋活动,1965年开始参加越南战争。

　　从中途岛号的简史上来看,这艘航母从建造到退役的五十年时间里,基本上都游弋在环绕中国的海洋上,大部分活动都和中国有关系。我进入了第二级菜单,上面有年表记事和主要事件的文件档案。我先是进入了"朝鲜战争"这个子目,上面说这个网页还在建造之中,不能访问。我转而去看"越南战争"这个子目,一打开,看到资料和图片都齐全极了。那上面有所有的战斗记录,飞机和人员的伤亡损失情况。我居然还看到了当时详细的飞行任务调度记录,每次飞行的飞行员名字,执行任务的地名和任务所延续的时间。我随便一点就有几百条的记录。我仔细查看,发现在1966年到1968年这段时间,有很多条任务记录是前往外苏河地区的。这个时候我觉得,这些记录都是和我舅舅有关系的,那炸死我舅舅的飞机飞行记录一定会在这里。如果我能知道我舅舅牺牲的准确时间,就能在对应的时间里找到中途岛号上起飞的飞机,甚至还能找到飞行员的名字,这样就能找到炸死我舅舅的"凶手"。我真的开始查找,心里还产生了"基督山伯爵复仇记"一样的冲动。我想起一个俄国工程师的复仇故事。他的妻子和儿子在飞机事故中丧生,事故是苏黎世机场塔台指挥的失职造成的。但是在瑞士的法庭上,这个塔台指挥成功地逃脱了罪责,还不道歉。俄罗斯的工程师决定自己复仇。他到瑞士找到那个塔台指挥的家,敲门。那个塔台指挥刚好在家,开了门。俄罗斯工程师说了自己的身份,问他为什么不认罪道歉。塔台指挥让他马上离开,要不然他要报警。工程师就用事先准备好的俄罗斯匕首杀死了他,然后等待警察来逮捕。这个工程师在瑞士坐了十多年牢之后,回到俄国受到了英雄般的欢迎。莫非我也能像他那样找到当年炸死我舅舅的飞行员,给他一刀?

这种冲动只是个玩笑,很快就消失了。因为舅舅那段事情和我隔得实在太远,而且是你死我活的残酷战争,我的心里没有那种强烈的仇恨,和那位失去妻子和儿子的绝望的俄国人不一样。我查了几条记录,就失去了耐心,转而去看介绍航母飞行员的页面。这一个窗口有两排照片,上面一排是飞行员当年穿着飞行服拍的,下面一排则是他们现在的照片。

这些老兵有的已经坐上了轮椅,也有的还很精神。每个老兵照片下都配上一段生平简介和先进事迹,还有获得过的各种奖章。这些老兵一部分是中途岛航母博物馆的志愿者,轮流上舰船干活的。我一个个看了下去,其中的一个引起了我的注意。

菲德尔·史密斯是 F-4 攻击机飞行员,出生于 1945 年,剑桥大学学生,1965 年加入美国海军,在 1967 年 2 月攻击北越外苏河大桥时被中国军队防空高炮击落,跳伞后他的一条腿触到飞机的尾翼被切断,落地时被俘,因获得了中国军队医疗人员救治才没有死亡。之后被关押在北越战俘营,1972 年获释回到了美国。美国人把被俘释放回来的军人视为英雄。

很快,我在谷歌上查到了菲德尔·史密斯是美国有名的反战老兵。在一部纪录片里面,有一个访谈的视频,是最近几年拍的,我看到了他的真实影像。他住在一个背景是雪山的大房子里,看得出生活优裕。他的衣着和举止都显示了他是个既富裕又有脑子有身份的人。他在视频里讲他参军的经历。

他出身于军人世家,父亲是"二战"名将。越战爆发的时候他刚进入剑桥大学读哲学,本来是完全不用参军的。他看到那么多的朋友、熟人、同学都去越南参战,起先这一切像是一场狂欢派对,像是去一个蛮荒地方的一次冒险。他对这一切并不感兴趣,他厌恶战争。但是后来战事的发展让他吃惊,因为美国军人一方面屠杀了大量的越南人,同时他们自己也被大量杀死。这样的局面让他开始感到不安,他觉得那么多的同学朋友都去越南为了美国而战,为美国捐躯,而他却在大学里面过着悠闲的生活,这样的生活太不公平了。当他面临艰难选择的时候,他去请教他的父亲。父亲对他说:"二战"中他对抗的是残杀无辜的极权狂人希特勒,而越南战争美国兵则是去杀死在稻田里种田的农夫,这个战争是荒谬的。他觉得父亲说得没错,但是战争一直在延续,让他心里不能安宁,他觉得自己不能躲到特权的背后。他别无选择,结果还是去参军了。他本来就学过驾驶飞机,在夏威夷训练一段时间之后，很快成了战斗机飞行员，被派到了中途岛号上。

这是一个综合性的纪录片，在他讲了一段话之后，便是美军飞机轰炸攻击地面目标的镜头。我看到了从飞机上投掷下来的像一条肥硕的马林鱼一样的银白色纺锤体，在空中缓慢地翻滚着，反射着阳光，落到地面溅成了一片火海，这就是凝固汽油弹。还有带着四个固定方向翼片像雨伞一样优雅下降的是子母弹。我舅舅就是被这一种子母弹炸死的。

我反复多次看了这段纪录片，觉得这个史密斯和我的舅舅经历有点相似。他们都喜欢读书，有个哲学的脑子，有一个将军父亲，都是本来可以不参加这场战争，是自己主动找上门的。史密斯对这场战争是否定的，但是对于自己参与了这场战争还是感自豪，没有后悔。我舅舅早已牺牲没有机会发表自己的看法，但他的战友们这些年在网络上写了很多文章，这些老兵一说起那段战事，大都为自己的军队、国家和领袖而感到自豪，没有像这位美国老兵一样去深入思考战争。

让我真正对史密斯感兴趣的是，他的简介里写到他在跳伞后一条腿被飞机尾翼切断，落地被俘后受到中国军队医务人员救治的事情。在我舅舅留下的日记里，有一段写到他跟随残骸组去山里抓被俘的美国飞行员，里面提到了为一个断腿的飞行员做紧急止血处理的事情。我有一种神奇感觉，莫非我真的找到了和我舅舅有过交集的美国飞行员？我再次看了舅舅的日记，发现日期和史密斯被击落的时间是同一天。

我在舅舅当年部队的老兵论坛里还看到了几幅照片,拍的是被击落的美国飞行员的狼狈镜头。这样的神奇感觉就像一句话所说的:"当你走得足够远,就会看见你自己。"

我犹豫了几天,最后还是忍不住在网站史密斯的页面上留了言。我说我手里有几张照片,是1967年中国在越南外苏河的高炮部队军人拍下的美国飞行员被俘时的照片。我看了他的故事之后,觉得里面有一个飞行员可能就是他。

史密斯没有马上回我的留言,也许他在震撼中,要冷静几天。果然,几天之后,他回复了,问我是不是当年在外苏河谷的中国高炮老兵,怎么对这段历史这么清楚?是不是有人为我翻译了那部纪录片?我把实际情况告诉了他,我和他后来有了联系。

史密斯不要我给他发照片,说要和我见一见,当面谈。他当时在北卡罗来纳,我在西弗吉尼亚。我们其实不远,但是我选择了约他在中途岛号航母上和他见面。他说明年他会上舰去做志愿者。

我在做准备。史密斯和我舅舅经历相似,是同一场战争的敌对方。不知怎么的,我感到我舅舅的一部分还寄生在他身上,见到他好像会感到舅舅的存在。我对这一次会面充满了期待。

二

　　这一场(代号519)空战之后,外苏河谷宁静了下来。外苏河上的大桥被彻底炸断了,美国人达到了目的,短时间内不会再来轰炸。防区内的高炮部队伤亡惨重,得好好休整,补充力量。从表面上看,外苏河的桥炸成好几截,可事实上外苏河的运输没断,铁道兵指挥员龙长春早悄悄准备好了两座便桥,藏在河边的芦苇丛里,大桥断了之后,火车就从便桥上过去了,只是速度会慢一些,安排在夜间通行。龙长春是铁路鬼才,专门搞这些教科书上没有的玩意,抗美援朝时就是这样神不知鬼不觉地保持了铁路畅通。美国人跟着他炸,从朝鲜炸到了越南。他在外苏河谷是级别很高的指挥员,但1968年夏天负了重伤,回国治疗之后就没再回过越南。
　　防空战停了之后,越南的天气极为炎热。火热的太阳烤着山坡,阵地上一股血腥臭味。我舅舅参加了打扫战场,把牺牲的战友遗体装入棺木。棺木摆在营房附近的大树下,一共有十八具,现在他知道连队里究竟牺牲多少个人了,十八个人,差不多是连队五分之一的人员。加上受伤的,全连减员了一小半。中午吃饭的时候,饭堂里显得空空的。一小半人员的死伤,炊事班做的饭菜都吃不掉,给大家发了双份。炊事班把那头被炸死的猪做成了一大锅红烧肉,炊事班长挨个劝大家多吃肉,不要悲伤。可是大家都没胃口,看到肉就想要呕吐。

在这个连队里,让我的舅舅第一个产生战友之情的人是班长马金朝。这一天连队里准许战士去野战医院看望受伤的战友,我舅舅决定去探望马金朝。上海兵沈士翔和他一同去。

野战医院在山谷下方的河边,便于取水,是个敌机轰炸不到的盲点。在树林里面有一间间的竹子和木头加上油毛毡搭建的房子。房子不少,连成一片。建筑虽然简易,可确实有一个医院的规模,而且设备齐全。我舅舅和沈士翔进入了里面,里面很多伤员,有浓重的来苏水消毒液的气味。他们最先是看到了连队里的一个战士,我舅舅不认识,沈士翔认识的,上去和他说话。我舅舅看见他坐在简单的病床前,两条小腿的下半部看不见。我舅舅最初感觉是这位战士的腿受了伤,医生在地上挖了个坑,把他的小腿放在下面治疗。但是他走近了一看,才发现地是平的,他的小腿以下的部位已经没有了。他的腿被炸成碎片,只好截肢了。

他们很快找到了马金朝。他在角落里一张小床上,伤员太多,没有人看护他。他睁着眼睛看着屋顶,脸色苍白,那关公一样的大眼睛更大了。

"带烟了吗?"马金朝看到他们,说。

"有,有!"我舅舅赶紧拿出烟,点上了,塞到了马班长的嘴里。马班长吸了两口,咳嗽了起来。

"怎么这烟的味道都变了?"马金朝说。

"你可能在发烧,所以烟的味道变了。"我舅舅说。

"你这话没错。我脚上的伤口发炎了,肿得厉害,非常痛,特别是夜里,痛得我要死去一样。上午我听说了,他们要送我回国内的医院去治疗。"马金朝说。

"这就对了。国内医院的技术和条件都要比这里好得多,你回去很快会治好的。"我舅舅说。

"连队情况怎么样?伤亡人数有多少?"马金朝说。

"牺牲了十八个人,加上受伤的,减员了一小半。这几天正在紧急补充战斗力,从国内的高炮部队抽调来的增援人员马上要到了。好在最近美国飞机没来炸,要不然会很够呛。"沈士翔说。

"我这腿真不争气,要不然我可以为连队出点力气。我真有点放心不下班里的事。"马金朝说。他开始大口吸烟。

"你听说没有?二连连长牺牲了。"沈士翔说。

"知道了。医院里的人都在说这事。"马金朝说,他的脸色马上沉重起来,"再给我点一支烟吧。"

"听说他和你是一个公社的?"沈士翔说。

"是我老乡,是我隔壁生产队的。他小时候父亲就死了,母亲守寡养大了他。在我们那小地方,出了个当连长的人就像古代中了状元一样。可是现在他死了。"马金朝说。

"二连长老婆在我们出发到越南前来过部队探亲。我注意到了,挺漂亮的。那么多来探家的家属她是最漂亮的。"沈士翔说。

"是的,我认识。这女人命薄,本来以为她会过上好日子的,这下二连长牺牲了,她以后不知会怎么样。"马金朝说,叹了一口气。

"同志,病房里请不要抽烟。"一个戴着白帽子的护士走过床前说了一句话,又继续往前走。他们把烟灭了。沈士翔认出了她,对她背影喊:"库小媛,你好!"

护士听到有人喊她名字,回过头来看。此时,我舅舅听到这名字心里猛地一惊。

"是你啊!沈士翔。知道你也来外苏河了,没想到在这里见到你。"她转了回来,和沈士翔握手。

"我们连的一班长马金朝前天炮战伤了,我们来看他。"沈士翔说。

库小媛走到马金朝的床前,低下腰,对他说:"马班长好样的。我们会给你治好伤的,你放心。"

"千万不要把我的腿锯了。"马班长说。

"不会不会,你的伤没那么重。今天就安排车子去凭祥那边的总医院去,你会没事的。"库小媛说。

"给你介绍一下,这是新来的北京红卫兵赵淮海,现在和我一个连队。"沈士翔介绍。

"你好,我听说过北京红卫兵来参战的故事,原来就是你啊!"库小媛看着赵淮海,向他伸出了手。就在他们的手即将触摸到对方的时候,他们的眼睛对视上了。刹那间,他们像石头一样僵住,他们认出了对方。

"原来真的是你啊!库小媛。"我舅舅说。上回沈士翔和他说起野战医院拉小提琴的女兵的时候,他心里无端地产生了一种她是熟人的预感,没想到这预感还真是灵验的。

"真没想到我们会在这里见面。"库小媛说。她的笑容凝固了,慢慢地眼睑垂了下来。她松开了和我舅舅握在一起的手,恢复了平静。

"怎么,你们原来认识的?"沈士翔惊讶地说。

我舅舅当时对沈士翔的问话反应很迟缓,他在这一短暂的时间内,就对库小媛产生强烈的感情。虽然他们曾经一起有过一次难忘的夏天经历,但这回还可以说是一见钟情。一切都已经注定。这个时候我舅舅显出了一种老练,会把心里想的藏得很深,不露声色。他微笑着。

"是,我们见过,那年秋天在北京。是四年前吧?"我舅舅说,回答沈士翔的同时还问库小媛。

"是啊,1963年的暑假里。"库小媛说,"不过那些时间都已经过去了。你说对吗?"

"不一定,消逝的时光有时还会再现,就像现在我们在这里相遇了。'一切都是瞬息,一切都将会过去;而那过去了的,就会成为亲切的怀恋。'"我舅舅说。他引用了一句普希金的诗。谢天谢地,他此时没有引用他日记里自己写的那些诗句。

库小媛沉默无语。沈士翔不明白我舅舅说的是什么,他只是觉得这个场面有点沉闷,他得找些话来活跃气氛。

"对了,库小媛,赵淮海带了很多新的纪念章,北京新出的。"沈士翔说。

"是吗?你可以给我看看吗?"她转过头,露出渴望之情,看得出她也很喜欢收集毛主席纪念章。

"好的,我今天没带来,我尽快找机会拿给你看吧。"我舅舅说。我舅舅摘下了自己别着的一枚纪念章,不是很大,是北京目前最流行的新款,样子很漂亮,长方形的,上面有毛主席头像,还有"为人民服务"五个字。周恩来总理中山装胸前别的就是这一种。我舅舅把这枚纪念章送给了库小媛。库小媛非常喜欢,她拿在手里,眼里露出欣喜,左看右看,但是她说自己不能收这么珍贵的纪念章。

"为了你照料了我的马班长,请你收下吧。"

库小媛最终扛不住对于这款纪念章的喜爱,收下了。我舅舅看着她把纪念章别到白色护士服胸前。她的胸部鼓胀着,让我舅舅担心纪念章的别针会扎到她衣服底下的皮肤。我舅舅脑子里突然出现了那年秋天在湖畔树林里一只萤火虫飞到她的胸口,他为她捉走虫子时的回忆。他清楚记得那一次她的胸部还是平平的,现在她长大了。

当天马班长被送走了。那时部队居然没有救护车,是用体积比较小的苏式嘎斯51卡车运送伤员。由于道路崎岖不平,加上嘎斯车的车体轻,颠簸很厉害,好些伤员承受不了。后来救护队发明了一种方法,在车上装了一半沙子,把减震器压下去减少震动,这样路上就平稳了好多。我舅舅和沈士翔看着救护队的人把马班长抬上去,目送着军车在尘土飞扬中远去,我舅舅心里觉得一下子空荡荡的。

三

毫无疑问,遇见了库小嫒,是我舅舅简短的生命中一个重要的转折点。

送走了马班长,回到连队之后,我舅舅就开始有点心神不宁了。起初的时候,她还是一个虚幻的影子,但见风就长,慢慢变成了一个实在的形象。这个形象就像是一只破茧而出的蝴蝶,在迅速长出美丽的翅膀和身体,在空中翩翩飞动起来。"怎么可能?我怎么会在这里遇见了她?"我舅舅一次次问自己。与此同时,对库小嫒的想念像春日的藤蔓爬满了他的心间。我舅舅注视着在意识的黑暗处翩翩飞动的蝴蝶,她好像迷失了方向,也许在寻找着什么。我舅舅明白她想要飞回当年那一处的记忆花园里去,但是那花园荒芜了,长满了杂草,让她无法进入。我舅舅在追忆着那段时光,要把荒芜的花园清理干净,把每条记忆的小径恢复到原来的模样,让迷失了方向的蝴蝶能飞回来。只有这样,他才能在记忆里重温和库小媛在一起的那一段美好时光。我舅舅那些天没做什么正事,整天游荡着。马金朝受伤之后,连队里没有人关心他,也没有人管他。他一直在河边抽烟冥想,修复着那段记忆,回忆每一个场景的光影和细节,他已经很难想起她当时的容貌,但是分手后的那种强烈的难过依然能在心里找到痕迹。

那是在北京郊外的一个军事禁区里,这一带原来是个皇家园林,有最好的风景。好几个相连在一起的海子,水边树木茂密,之间散落着破败的长廊和亭台,还有狐狸野兔猫头鹰等小动物出没,夏天里水边的沼泽地附近有满树的萤火虫。军队驻扎占用的地方并不多,只占了一个角,在当年满清正黄旗军的驻地上,停放着一个正规师的坦克和装甲车。除了驻扎军队,这里也是一处军队高干家庭的避暑休养地。夏天的时候,我姥爷就会带着一家人到这里来,我姥爷在这里有个带院落的房子,说不清以前是王侯住的还是太监住的。我舅舅那年十五岁。

在这里,夏天有不少娱乐活动。年轻的孩子们在湖里游泳,在树林里抓野兔打鸟,中午食堂里有肉包子冬瓜汤够你吃饱。到了晚上,虽然熄灯号吹过了,还有很多好玩的事情,可以去逮蟋蟀抓蝈蝈,在湖边看天上的流星雨。而在星期六的晚上,经常会放露天电影,有时还会有文工团演出,有地方来慰问的,有装甲兵文工团的,最好的还数总政歌舞团。露天电影放的影片电影院里都还没上映,或者有些是内部片,电影院里根本看不到。驻地部队为了搞好军民关系,每次放电影都会放周围的老百姓进来一起看。地方的领导可以坐到前排领导的木头椅子上,普通老百姓就站在电影场周围和后排看。

我舅舅还记得那一天放的电影是《列宁在十月》。那时放映只有一部电影机,中间要换片,会点亮电灯,观众这个时间也可以放松一下。我舅舅就是在这个时候看见了场子后面安安静静站着一个女孩,在电影场惨白的灯光下,她的脸显得特别白皙,头上戴着一个大丽花的发卡。她是穿着连衣裙的,衣装模样和北京人穿的很不一样,更不像军队大院里那些整年穿绿军衣的部队子弟。她让我舅舅眼前一亮。我舅舅后来一直在回头张望,再也无心看电影。那个女孩也发觉场子中间有个男孩子一直在看她,她没有回避也没搭理。那个年头,在北京的军队大院青少年里已经有了一种结交异性的暗流,几年后成了一种叫作"拍婆子"的时尚。那个时候我舅舅还年少,内心涌动的完全是保尔对冬妮娅那样的柔情。

电影快散场时,我的舅舅逆着人群往她所在的方向挤,最后总算和她有了一个眼神的接触,接着电影就散场了。部队的人在口令下排队,老百姓则通过军营的大门在电影的余兴中回家。我舅舅看着她消失在人群中,一点不知道她从哪里来的。那个晚上,他一直坐在院子里看天上的星星,银河星沙特别明亮,他一直在想着那个女孩。

她肯定不是军队子弟,而是营区外边的。但是营区外边这一带是农业户口为主的郊区,当地的女孩都很土气,而她则完全像是从南方的城市里来的,白净,穿着好看的衣服,肯定不是生活在这一带的人。也许她只是旅行到这里的,也许明天她就会离开这里,也许我将永远见不到她了。一想到以后将再也见不到这个女孩,我舅舅就觉得这一生将会变得非常空虚和没有意义。

我舅舅有一种信念,觉得她下一次放露天电影一定还会再来。在那么长时间的童年、少年的军队大院的单调生活中,我舅舅其实也和不少女孩子交往过。但是他从来没有像这回这样强烈和纯真地喜欢上一个女孩,她像是仙子一样突然出现在他生活里。

一周之后下一场露天电影,他们两个都在上一回的地方出现,我舅舅觉得她站在原来的地方是为了让他能找到她。一切如天已注定,电影中间下起了一阵大雨,让我舅舅有机会给她送了一把雨伞。他们第一次单独在一起的地方是附近的园林中一个清朝建的亭子,那亭子带着西洋的风味,有铁栏和围栏。在周围的地方有倒在地上的石头雕像和刻着美丽书法的石碑。他们坐在亭子里,看着雨水如注般从亭檐上流下。雨停之后,树林里飘来了清新芬芳的气息,不远处的湖里有微光,渐渐星光变得灿烂,树林里小动物也活跃起来。她有一个奇怪而好听的名字叫库小媛。我舅舅的眼光没错,她不是本地的,是从西南的昆明过来的。她说是到祖母家里来探亲的。祖母家就在附近的农场,离这边不是很远。她们一家原来在北京,后来她爸爸带着一家去了昆明,现在她是初中一年级学生。她说这些的时候神情黯淡,没有说明她家离开北京搬到昆明的原因。

一整个夏天他们约会。我舅舅带她进入了军队的生活,到食堂吃大锅饭,还去了一次骑兵连,骑上战马跑了一下午。到了8月初,这一带出现了秋意,树木泛黄,空气中有成熟的野红莓的甜味。他们在湖里划船,碧波荡漾,岸上的白杨树在水面上映出浓绿的倒影。他们的小船穿过了座座桥洞,看得见有古代的水闸。当年这一带是皇家园林里的荷花池,荷花的品种都很名贵,现在无人管理,变成了野生的。花已经开过了,留下了巨大的荷叶残梗。远处有一对河狸在水里筑坝捕鱼。

他们有共同的话题,说各自看过的外国小说和诗集,说电影和音乐。我舅舅知道了库小媛从小就学拉小提琴,这让他感到惊讶,因为当时小提琴是贵重的乐器,而且得有老师指导,只有家境特别好的人才有条件学拉小提琴。这件事足见库小媛的家庭是有点来历的。那时的年轻人也都会学一点乐器,通常是学吹竹笛子,学拉二胡已经很不容易。我舅舅会吹一点口琴,吹的只是一些电影插曲、中国和俄罗斯民歌,还会识一点简谱,但是库小嫒会看五线谱拉《舒伯特小夜曲》。库小嫒不谈自己家里的事情,不说自己的来历,好像她是灰姑娘坐南瓜车来的,或者是林中湖里的一个仙子,随着露水降临会在雾气中消失。

有一个下午,我舅舅陪着库小嫒在树林中的亭子里练琴,之后他们穿过了林中小径朝湖边的沙滩走去。沙滩上坐着好几个人,我舅舅不喜欢遇见别人,但是来不及了,在想走开的时候,人群里已经有人在喊我舅舅名字,并且让他们过去坐。这样我舅舅就不好转身离开了。

坐在湖边的五个人都是和我舅舅年纪相仿的军队子弟,两个男的三个女的,和我舅舅都认识,偶尔也一起玩过。在我舅舅听到他们的喊声,不得不过去的时候,里面一个脸上长满雀斑的女孩子对其他人低声说:"看,就是这个狐狸精,整个夏天赵淮海都不见了,全陪她了。"

我舅舅和库小嫒过去。他们挪了挪,腾出了位置让我舅舅他们坐了下来。我舅舅看到他们准备了好多吃的,还有几瓶青岛啤酒。在他们中间已经堆了柴火,准备天黑之后点上篝火。他们中间有一个女孩生日,要开篝火晚会为她庆祝。

"姑娘哪儿的?你那盒子里装着什么玩意儿?"一个哥们儿冲着库小嫒说。

"盒子装的是小提琴。"库小嫒说。

"打开看看吧。"

"好的。"库小媛把琴盒子打开了。一把棕红色的小提琴闪闪发亮。

"哦,原来是歪脖拉啊!姑娘来一段吧!"这哥们儿说。他把小提琴叫成歪脖拉,因为小提琴是用脖子夹着拉的。大家附和着要她表演。

库小媛拉了一段《白毛女》里面的"北风吹"。他们嫌不过瘾,还要她来一段长的。库小媛这天心情不错,有表演的兴趣,就拿出五线谱子认认真真拉了一段莫扎特的《奏鸣曲》。

"好听好听,这是什么歌啊?"

"是莫扎特的《奏鸣曲》。"我舅舅替库小媛回答。

"哼,这是资产阶级的音乐,怪不得我觉得这么一股臊气,原来是资产阶级的气味。"雀斑女孩说,一点也不客气。她一直暗恋我舅舅,对库小媛这个外来者有一种敌意。

"会不会说话啊?什么资产阶级?告诉你,莫扎特家里很穷的,是城市贫民呢。"我舅舅说。

"我不管,反正不是好东西。狐狸精跑到这里撒臊气,告诉你,这里是军队大院,不是你这样的人可以待的地方。"

库小媛气得发抖,脸色通红。她站起来就走,我舅舅也撇下别人,跟着她走了。我舅舅一路上安慰她,让她消气。但是那种屈辱感已经深入到了她骨子里。我舅舅千方百计逗她开心,她就是笑不起来。

在修理厂车场附近停着一辆坦克车,我舅舅要带库小媛去见识见识,打开车盖子爬了进去。我舅舅看见发动机的钥匙还插在那里,一拧,机器就发动了,整个车震动很厉害。我舅舅以前坐过坦克车,看到过驾驶员操作过程,他对机械有种本能的悟性,无师自通。他一拉操纵杆,松开制动器,坦克车就向前走动了。我舅舅把坦克开上了路,轰轰隆隆向前,迎面过来的车子也不知道是谁在开坦克。我舅舅不敢在大路开,拐进了一条小路。小路是往燕山山脉方向走。他看到坐在一旁的库小媛把坦克手的减震帽戴起来了,她终于不再生气了。

山势越来越高,也不知路到底通到哪里。我舅舅觉得不能再往前开,要开回去了。他停了车,打方向掉头。路很窄,一把方向转不过来,得倒一把车。我舅舅把坦克最大限度转弯到路边,底下是一条很深的谷壑,但这个时候,我舅舅才想起来,他不知道倒车挡是在哪一个位置。如果把挡挂到了前进挡上当倒车挡,那么坦克再往前一冲,可能就会掉进沟壑里去。我舅舅吓得一身冷汗,脑子一片空白。好在坦克修理厂已经发现丢了坦克,四处派车去寻找。除了上大路寻找,还有一拨人开着吉普上了小路,结果正好发现了差点掉进沟里的坦克车。他们发现原来搞鬼的是司令员的儿子,不是阶级敌人,才没追究下去。

自从受辱事件之后,库小媛不再到军队营区来了。我舅舅骑着自行车,到国营农场那边一棵大树下接她,然后到附近一片田野里游玩。空气里开始出现凉意,暑期即将结束了,库小媛快要回昆明去了。有一个夜晚,库小媛带他到了一个小河湾,说是这里可以看萤火虫。秋虫已经在唧唧响着,这个时候没有月光,水面上只有一点点涟漪微光。起先并没有看到萤火虫,后来看到有几只飞过来了,像是打着小灯笼。库小媛对我舅舅说:"注意,你看着那树吧!"她用了一个手电筒对着那树冠闪了几下,那树马上有了反应,一闪一闪发出晶莹的光源,是许许多多的萤火虫在闪亮,整棵树都发亮了,那神奇光芒让我舅舅想起莎士比亚的《仲夏夜之梦》。库小媛说自己手电筒的光不是一般的光源,是加了一层特别的玻璃。这个让萤火虫发光的方法是她的生物老师教她的,萤火虫发光是为了吸引雌性虫,有固定的光的频率,手电的光发出了雌性虫的光频率,雄虫马上回应,拼命闪亮,以引起雌性虫关注。这时有夜风吹来,库小媛的连衣裙挡不住风,我舅舅脱下自己的衬衫给她披上。一只萤火虫径直朝光源飞来,在手电熄了之后,它停在空中不动,之后慢慢地飞过来,在库小媛的胸前停了下来。库小媛虽然会指挥萤火虫集体闪亮,但女孩子都怕虫子,惊慌地叫起来,让我舅舅救她。我舅舅的手停留在她的胸前,去捉那萤火虫,她胸还小,没戴胸罩,我舅舅的手指碰到了她胸脯的乳头。那个时候,我的舅舅偷看医学书本知道了两性的秘密,对于女性已有冲动,但是在他们的交往中,虽然是身体贴得那么近,他们只有牵过手,没有一点性意义上的接触。我的舅舅能感觉到在她的薄薄的衣裙之下是美好的身体,他有念想,但是还不敢打破禁忌。库小嫒的心情也应该一样。

暑期结束,分手的日子终于来临。他没有去送她,她说父亲和她一起走,看到有个男孩子来送她会不高兴。他们只是在湖边的树林里说了再见。

那一次分别的伤感整整持续了两年,现在想起来有忧伤的甜蜜感,但那个时候是非常难过的。他们一开始彼此保持着通信,后来中断了,再也没有联系过。把我舅舅从伤感中拯救出来的是北京开始进入了大串联的新的事情。我舅舅有时还会想库小嫒,不过已经没有那种伤感,他以为这辈子再也不会和她相遇。但是,谁能想到,现在库小嫒居然就在他的身边,他和她成了战友。这样一种巧遇让我这个后来者觉得,我舅舅前往越南参战固然是为了革命理想,另一方面,也可理解为他听从了潜意识里的一种神秘召唤,来这里和库小嫒相会,就像那些雄性萤火虫看到了异性虫发出的召唤光源一样。

四

第二天下午,我舅舅又去见库小嫒。马金朝受伤之后,炮班暂时没有人管他,所以他还是没有正式事情好干,这让他第二天有空再去了一次医院。他在走廊里走了几个来回,没有看见库小嫒,但是看见了护士长。护士长认出了他。

"红卫兵,你怎么又来了?"

"我想见一下库小媛。我说好要给她看一下我带来的纪念章。"我舅舅说。

"她在上班忙着呢,恐怕没有空见你。"

"那我下次再来吧。"我舅舅说。他感到护士长并不欢迎他。

"你带来了什么纪念章呢?我可以看一眼吗?"护士长说。

"好的,在这里呢。"我舅舅把带来的几枚纪念章给她看。

护士长看了一下纪念章。她明显不是行家,不会鉴赏,看了一下就不感兴趣了。她的兴趣在另一些方面。

"当红卫兵真好。可以上天安门见毛主席,可以不花钱走遍全中国大串联,这正是我最喜欢的革命浪漫主义的生活方式。我要是没参军,肯定是一个红卫兵。"护士长说。

"可我还是向往战斗的生活。所以我到这里来了。"

"这就是我觉得奇怪的地方,你们为什么要放弃国内安逸的生活,跑到这里来?要知道,这里是多么危险,每一次战斗下来,都要牺牲一批战友。那些年轻的生命,说没就没了。"

"我也说不出原因。我只是觉得从内心的深处有一种召唤,去远方为了理想而战斗。我已经看到战友们牺牲受伤,但是我不会害怕,我会战斗下去。"

"好样的,红卫兵。"护士长说,"库小媛要值班到下午三点,你过了这个时间来吧,我会告诉她。不过你不要欺负她哦。"

"谢谢你,护士长。敬礼!"我舅舅敬礼之后,离开了野战医院。

这几天雨云密布,美国飞机是不会来的。我舅舅来到了外苏河边,去看正在抢修的大桥工地。之前他是在高处的阵地上看的大桥,显得很小。现在到了近处,才知这桥有几十米高,四五百米长,非常庞大。他看到了铁道兵部队已经把修复桥梁用的巨大钢梁预制件摆在河边,两边的架桥机正在将钢梁铺上桥墩。河上面有巨大的驳船,上面的架桥卷扬机正在缓缓吊钢梁上去安装。他能看到那些钢梁的预制件上都用红油漆刷着上海钢铁厂、鞍山轧钢三厂、武汉桥梁钢铁厂等标志,看得出整个中国都在支持着外苏河的战斗。在公路上,还有新的高炮部队到来,特别引人注目的是,一支苏联的导弹部队也夹在中国军队的车流之中到来了。那时候"苏修"是仅次于美帝国主义的二号敌人,可这会儿要一起打头号敌人美帝国主义。

我舅舅坐在公路边的山坡上,对苏联的导弹车队特别感兴趣。他已经知道了苏联的导弹是萨姆II型,只有这种导弹才可以打下美国的B-52轰炸机,所以越南的军方对苏联导弹部队特别优待。现在我舅舅终于近距离看到了萨姆II导弹,觉得这种导弹实在是惊人的漂亮。我舅舅上小学的时候就开始学习俄语,可以说简单的俄语,以前在坦克部队里也经常和苏联的教官交往,对他们不陌生,也没有恶感。他特别喜欢苏联的喀秋莎火箭炮,但是这种火箭炮没有装备中国的军队,他至今还没见过。那一首大家都会唱的《喀秋莎》其实和喀秋莎火箭炮没有一点关系。现在,他终于看见威力强大的最新导弹萨姆Ⅱ型了。

这个时候,他发现了拥挤的公路上出现状况。是苏联的导弹车队和我方一个高炮车队在一个十字路口对上,结果双方都不让路,堵上了。我舅舅看见一个苏联军官下了车,对着我方的车队大声叫嚷着。我舅舅听得懂他在说什么,他是说你们赶快让路,要不然我们就揍死你们。而中方车队的军人则掏出"红宝书"挥舞,高喊"打倒苏修"!我舅舅看了一阵,觉得这样互不相让会导致更严重的对立。他突然想起了我姥爷在朝鲜战场上说过的一件事,觉得这办法可以用在这里。他从山坡上跑过去,到了公路上。他能看得出那个苏联军官是上尉军衔,就用俄语对他打招呼:"你好,上尉!"

这苏联上尉看到这个中国士兵会说俄语,顿时和气了许多。我舅舅递给苏联军官一根烟,对方掏出打火机为我舅舅点了烟。苏联导弹车队激起了我舅舅所有关于俄罗斯的美好回忆,他们聊了起来。苏联人对我舅舅说,他们要赶时间到阵地去,要求中国军队让他们先通过。我舅舅就用了我姥爷在朝鲜战场上的做法,对苏联军官说,中国军队也同样要紧急赶往阵地,不可能给他们让路,最好的办法就是在十字路上双方车辆一辆一辆交叉通过,这样做最公平。苏联和我方的人都接受了这个办法。我舅舅站在公路上,指挥着双方的车队顺利地通过了十字路口。最后一辆车通过后,那苏联军官过来和我舅舅握手告别。这事后来给我舅舅造成一点麻烦。

五点一过,我舅舅就赶到了野战医院。他看见了库小媛在医院操场边的草亭子里,她没穿白色护士服,穿了草绿色的军服。她看起来有点紧张,愁云满面。

"护士长说你上午来找过我。"库小媛说。

"是啊,我带来了毛主席像章给你看。"

"这个理由还不错。不过你先别拿出来,我们先说说话吧。我们只能说很短时间的话,可能有人盯着我们看呢。你来看我我很高兴,只是我怕会有人说闲话。"

"我就来看你一次,下次不来了。我和护士长说是送毛主席像章来的,她没意见。我没想到在这里遇见你,我的心无法平静。看到你真的就在我面前,像做梦一样不可置信。"

"是啊,昨天见到你之后,我就一直在偷偷流眼泪,昨夜里一点也没睡着。真没想到还能见到你,而且是在这个战火纷飞的地方。"

"这么多年没见,你都好吗?我一直觉得你还在昆明呢,没有想到你也参军了。说说这些年你的事好吗?"

"好吧。你知道吗？那年暑假我回到昆明,第二年夏天我就参军了。你觉得惊奇吧？那时我才十四岁呢,因为会拉小提琴被部队特招为文艺兵,我现在都是四年的老兵了。"

"原来你是个四年的老兵了,我还是个新兵蛋子呢。你怎么会想起去当兵呢？"我舅舅说。

"说来话长了。其实我不喜欢军队纪律严明的生活,我喜欢自由自在的日子,我爱文艺,爱幻想,军旅生涯并不适合我。你还记得那一次在湖边我们遇见那一群烧篝火的人吗？那个脸上长雀斑的女孩骂我的话我永远都忘不了,也许就是那件事,让我开始有了参军的想法。"

"天哪,这事你还记得那么清楚,我都忘了。"我舅舅说。

"没办法,想忘记也忘记不了。你知道我七八岁就开始学拉小提琴,而小提琴不是一般工农阶级的家庭有条件学的,所以你应该知道我的家庭背景有点复杂。是的,我的成分不好,爷爷是资本家,我的爸爸倒是参加革命很早,可是后来开始讲成分。本来我们家是在北京生活的,结果被下放到了南方昆明。这些事情我当时都没对你说,现在都可以说了。即使我家里的情况是这样,我的父母亲依然让我专心学拉小提琴,政治上他们真的很幼稚。所以你知道了吗？你当时是在和一个资产阶级家庭的小姐在一起呢。"

"这有什么,保尔当年不是和冬妮娅很要好吗？"我舅舅说。

"说得好！但是保尔和冬妮娅最终分手了，因为他们不是一个阶级的。"

我舅舅哑口无言。他很后悔自己举了一个不恰当的例子。

"从我开始上学起，我就明白成分的问题对我是一个巨大的阴影。但是我并没有觉得悲观，我想靠我自己的努力进取是可以改变这个身份的。我努力练习拉提琴，每次少年宫的比赛都是第一名，我的读书成绩在学校里也是最好的。我想将来考大学，当音乐家，做一个出色的人。但是，这一切对我来说总是那么遥远。一直到我进入你们的军队大院生活之后，我才第一次有了一个明确的目标，我应该参军，因为军队可以让我实现自己的理想。"

"你走了之后，我们还通过几个月的信，那时听你说过小提琴比赛的事情。但是后来我们的信少了。直到有一天，我收到了你最后的一封信，你说我们的友情像西边的落日一样，要沉入地平线了。我后来给你写过好几封信，你都没有回复我。"

"你不知道，那一段时间，我家里发生了一些最让人烦恼煎熬的事情。我爸爸最初从北京下放到昆明地质队，这回再一次被单位里下放了，到了个旧一个锡矿当技术员，我们一家都得跟着他搬到个旧去。你知道吗？和昆明比起来，个旧是一个偏僻荒凉的地方，我到了那里，就觉得是到了西伯利亚一样绝望。是的,你给我的信都收到了,但是我不想告诉你我那时生活在一个偏僻的山沟里,我那时对于生活真是绝望了,继续和你通信,只能增加我内心的痛苦。"

"竟然有这样的事情。"我舅舅说,"那你后来都一直住在个旧吗?"

"是啊,就住在那里了。我的父母亲和弟弟妹妹都还在那里。起初的日子是那么难过,最难过的是我见不到我的小提琴老师,不能参加少年宫乐队练习。我爸爸看我这样难过,就每个星期六晚上让我坐夜班火车去两百多公里远的昆明,他没有钱,只能买那种最慢的火车票,我在火车上过一夜,第二天早上才到昆明,正好可以去见小提琴老师,下午到少年宫练琴。就这样,我坚持了一年,直到我被军队特招为文艺兵。"

"没想到你吃了这么多的苦。"我舅舅说。

"参军后我被分在了军部的医院。我所在的是一个军级单位文工团,半专业的,有一半的时间抽调上来搞演出,其他的时间在基层单位。参军后,我给自己是定下目标的,我要积极进步,彻底改变一个家庭出身不好的女孩的命运,而最直接的目标就是争取入党。只要我成为一个党员了,人家就不再会用家庭成分不好来看待我了。所以我参军之后都是拼命地工作,勤学苦练,吃苦在先,享乐在后。去年,医院要抽调一部分人员到越南战地医院工作。当时他们没有选中我,是我自己坚决要求来的。因为我觉得这对我来说是一个机会,我想要到战地火线上立功入党。由于我的态度非常坚决,上级同意了我的请战要求,批准我来到这里的野战医院。

"我比你早来。来这里已经有大半年了。到了这里之后,我才知道自己的个人目标是那么渺小可笑。每次战斗之后,我看着那些牺牲的战友尸体,心里就觉得被刀割了一样痛。在我刚到这里不久,有一次战斗之后我到阵地上给一个年轻的战士包扎伤口,他负了一点轻伤。他问我喜欢不喜欢吃糖,说自己有一盒糖果还在寝室里。我说喜欢吃的,下次见到给我吃吧。大概两个月之后,我在另一个地方遇见他,他赶紧从挎包里拿出一个生锈的铁盒子,就是部队那种午餐肉的铁盒,他打开了,说让我吃糖果。我一看,盒子里的糖果因为天气热,都化了,和糖纸粘在一起。那个小战士当场就伤心地哭了起来,说自己没有保存好糖果。我捡了两块,连糖纸一起吃了下去,说很好吃呢,他才转涕为笑。就是这个小战士,上一次的战斗中牺牲了。送到医院里来的时候,我看到他的身体被炸烂了一半。"

库小媛说不下去了,伤心地哭了出来。

在这一次的见面中,我舅舅说得少,基本是听着库小媛在说话。在他心里有一阵阵的崇高的感觉浮现上来。

"能在这里见到你,我真是说不出的高兴。但是我现在非常担心,这里的战斗那么激烈,伤亡那么重,你可千万要保护好自己啊。以后,请你以后不要再来看我好吗?这里的纪律和条件不容许有个人的感情,我不能让别人说我的闲话。我会想你,我们以后再也不会失去联系了。多么希望这场战争早点胜利,彻底打败美帝国主义,那样我就可以回国了。我想过,等回到了国内,你一定要来找我啊。"库小媛说。

"好的,我们期待着胜利的一天,早日在国内相聚。"我舅舅说。他自己感觉到,这些话多么像电影里的台词。

第 五 章

一

经历过这一次防空炮战之后,我舅舅心中的革命英雄主义精神被激发了出来。他再也不想待在炊事班看猪了,向连队写了很多封请战书。他终于获准了一个任务,就是跟着残骸组去找被击落的敌机残骸。

越南方面要求中方提供被击落的飞机的编号牌,才给予承认。但是飞机击落后会飞出很远才坠落,通常都坠落在深山密林里,坠落后还会燃烧爆炸,大火会烧掉很多部件,所以要找到一块飞机的编号牌真如大海捞针一般困难。残骸组还有个任务,就是要把找到的残骸秘密运回国内,给军工部门研究,国内的国防科工委派了不少人员参加了残骸组。根据中国和越南的协定,飞机残骸是归越南军方所有的,但中方找到了有用的东西,都偷偷藏了起来。因此那时的残骸组是一个重要的分队,很受重视,给了最好的装备和人员配备。组里配了一台嘎斯汽车,有无线电台、望远镜,每个人配了长短枪,还有越南语翻译人员。我舅舅打起背包离开了连队,和残骸组的人住到一起。

连降了几天暴雨后,天气转晴。这正是敌机空袭的时候,部队早已做好准备,进入一级战备状态。上午8时许,一架美机 RF-101 侦察过后,哨所值班员及时发现两批六架 F-4B 战斗轰炸机低空直飞防区,马上密报指挥所并严密跟踪,继续监视后续目标,很快防区方向传来咚咚的炮声。一架美机被击伤,歪斜着掠过上空向海上逃窜,另一架尾后冒着烟火在西北方向坠落,升起一股黑烟。指挥所获知了敌机坠落的方位后,指示残骸组立即出发,去寻找飞机残骸。

由于连降暴雨,山下泥水一片,河水猛涨淹没了公路口的小路。残骸组向越南合作社求助,他们先派了三名妇女划三只小船,把残骸组的人送到了对岸公路上。一名合作社老人来给他们带路。划船的女社员问他们什么时候回来,残骸组长估计不出准确时间,只说可能是下午。山上看不到路,前方都是树丛。树林里密不透风,蚊子毒虫围着人轰鸣。更可怕的是那些蚂蟥,叮住人的皮肉之后就不放。我舅舅虽然是新兵,但是他在从友谊关到河内的步行路上获得很多经验,知道越南的山路很不好走,但也没什么可怕的。残骸组上山的同时,很多的越南老乡都往山上跑,其中还有一部分越南军人。

那个时候,天上掉下了美国飞机是越南老乡发财的机会,他们拿到了飞机的残骸,交给政府是有奖励的。如果捡到关键的部位,比如飞机的编号牌,那可值钱了,政府会奖给他们一头水牛呢,所以他们一看飞机掉进了山谷,就拼着命往山上跑。残骸组到达飞机掉落的现场时,经常是所有的东西都被哄抢一空了。

这一次也是一样,残骸组爬山速度无法和当地老乡比,只好跟着他们往大山林子里走。七拐八转翻过一座山,见有老百姓扛着飞机残骸回来了。再往前看见不远处冒着黑烟,到了近前,只见机头钻进树林的红土里,机体散落在四周,周围树木烧焦了,一些残骸零件还冒着烟,炙热烤得难以近前。这时已是下午3点半,残骸组到处寻找有字样的零部件,证明是什么型号的美机。

烈日当头骄阳似火,队员们又饥又渴,非常疲劳。他们找到了一些敌机残骸,装满了两麻袋,坐下来休息一下准备下山。有一位越南老人端着个茶盘向残骸组的人员走来,边上一越南士兵以为是送给他们喝的,想去接拿,老人不给,径直送到残骸组面前。茶壶不大,只能倒满几个小杯。残骸组的人各抿了一口,茶水苦中带甜,涩中有甘,一下觉得清凉了许多。返回河边时已是下午6点钟了,没想到上午送他们过河的三位越南女社员早已把船停在河边等着接他们。

第二天一早又接到命令,要去五号山背后执行任务,因为那天有两架F-4鬼怪式敌机坠落到五号山背后去了。残骸组赶到那里已是下午，爬到山上瞭望，发现敌机是空中开花，坠落到一个悬崖峭壁深不见底的山谷。这样险峻的地方，越南老乡也难以到达，最有可能找到一些有价值的残骸。他们立即分工，三人一组，前往不同的悬崖深谷底下。散落的飞机零件掉进了丛林，要找出来真像是大海捞针一般。他们找了一整天，捡到了一个敌机座舱仪表板、尾翼及飞机标志。组里面国家科工委成员老黄特别重视这些残片和配件，我国的军工科研最需要这些东西了。当他们找到了所希望的东西之后，已是傍晚。这个时候已看不见路，只得在山上露营。夜里天气又湿又冷，山蚂蟥袭击咬人，山蚊子轰鸣着叮人。我舅舅感觉到不远的地方有动物在活动，这让他一夜紧握着冲锋枪，不敢入睡。天微微亮时，我舅舅从树丛的缝隙中看到了附近有一群野猪在活动。野猪在拱着地上的泥土，找竹笋吃。我舅舅以前还没看过野猪群，所以一动不动饶有兴趣地观察着。野猪都是黑的，长着一对獠牙。只有一头是白色的，还没有獠牙。我舅舅发现，这头白色野猪的右腿上捆着一条红色的电线。他顿时惊呆了，莫非这头野猪就是上一次防空战时他看管的炊事班猪圈里跑掉的那头白猪？当时猪刚从国内运来，司务长给每头猪的右腿绑上了不同颜色的电线做记号。我舅舅仔细看，发现这真的是一头家猪。没想到一头跑散的家猪还能在山上找到远亲并加入它们的族群。我舅舅看到这头肥猪现在变得扁瘦,野性十足。我舅舅惊讶得说不出话来。他本来想把它抓回来,或者开枪打死它,把肉带回来。后来想想就算打死了它,他也无法把肉背下山来。当他这样想的时候,那头猪的背影在树林里闪了一下,再也看不见了。

有一个夜里,外苏河防区防空战打得特别猛烈。残骸组的成员却要在掩体内抓紧时间睡觉,准备防空战打完之后去寻找残骸。我舅舅起先睡得还不错,但后来开始做噩梦,梦见自己在一个封闭的小房间里,房子在飘浮,窗外都是闪电。他知道这一定是梦,想挣扎着醒过来,但是怎么也没办法摆脱,身上被一条条绳索紧紧绑着。突然之间,他感到身体某个部位一阵剧痛,醒了过来。他坐了起来,喘了半天气,剧痛还在继续,可说不出是哪个部位。什么也没发生,只是一个噩梦。接下来的时间里他再也睡不着,冒冷汗,气短。

天还没亮,就传来了命令,让他们马上出发进六号山区。说越南的民兵传来消息,山里抓获了一个美国飞行员,受伤很严重,抬不出来,需要派医生到山里去救治。指挥所命令残骸组带上一名野战医院的救护人员火速出发,尽可能救治美国飞行员。于是残骸组的嘎斯车立即出发了,这回组里多了个成员,是八一电影制片厂的战地摄影记者朱复兴,他是前几天刚到的。残骸组车子的第一站是前往野战医院,那边的救护人员已经准备好出发,等着他们的车辆。车子很快就拐进了野战医院的小路，我舅舅不知怎么的觉得心跳加快起来。车子一进大门，看到了有人在等着。他怎能想得到，医院派出的救护人员是库小媛。库小媛上了车，坐到了我舅舅的对面，她向组里的领导张参谋报告了自己的姓名。张参谋说了一句欢迎的话，之后把各个组员做了介绍。库小媛已经看见了我舅舅，对视一眼之后，就当作不认识。

嘎斯车往六号山方向出发了。出了一号公路转十二号公路，那就是六号山。嘎斯车在颠簸不平的公路上跑了半个多小时，车棚里面黑黑的，什么也看不见，大家都没有说话。我舅舅心里美滋滋的，他怎么也没想到，在完全没有预期的情况之下，突然之间就和库小媛坐到了同一辆车上。他的幸福感往上涌，觉得自己已经拥有车里的这一个姑娘。不过他心里总还有点不相信这一切是真实的，怕是做梦。在黑暗车厢里有微明的光，看不见人脸，但可看见车厢地板上的脚。我舅舅模糊地看见对面车厢地板上那一双玲珑的小脚，虽然是穿解放鞋，也显得像穿玫瑰花水晶鞋一样可爱。那是库小媛的脚，和他自己的脚距离很近。我舅舅是个调皮不安分的人，他想去触碰她的脚，试探一下她会不会有反应。但是他还是没把握这是不是她的脚，因为张参谋就坐在她旁边。张参谋个子很矮，比库小媛高不了一厘米，脚也不会大到哪里去。要是平时，参谋级别的小干部爱穿皮鞋，但这回都穿的是解放鞋。所以我舅舅担心万一这是张参谋的脚，弄不好就会被他狠狠地蹬回来。他最后不敢轻举妄动,没有出脚。他在黑暗中注视几尺之遥的库小媛。她的军帽之下的脸完全处于黑暗之中。我舅舅知道这个黑影下的人现在也清醒着,在思想着,她在想些什么呢?

不久后车子到了六号山附近,已经没路可走。他们把车停在路旁,司机小陈留下看车,张参谋带着人员下车往六号山走去。敌机坠落半山腰爆炸引起的大火已熄灭,还冒着浓浓黑烟。我舅舅他们走到山脚,看到越南民兵和自卫队已把整座山头包围起来。越语翻译文创兴通过群众找到了这个乡的乡主席,说明了来意,希望他能找个人给他们带路上山。热情的乡主席把他们带到自己家里。乡主席知道他们未吃晚饭,叫家人做饭给他们吃,用白糖冲茶,用红米煮了一锅饭,还杀了只鸡。他们抓紧时间吃完饭,带路上山的老乡也来了。越方民兵和自卫队在巡逻、站岗,严密防守着整个六号山地域。残骸组在越南老乡的带领下开始上山,他们拿着手枪沿着崎岖山路往上攀,一路上保持警惕,怕暗处还有没抓获的敌飞行员。经过两个多小时的攀登,他们终于到了坠机地点。敌机被击中后坠落半山腰爆炸,残骸撒满山腰,有的挂在树上,有的卡在悬崖边,大火烧过的现场焦煳味烟火味直呛肺腑。残骸组了解到受伤的美国飞行员还在山谷里面,他的降落伞落地位置和飞机掉落的地方不一样。他断了一条腿,走不动路,要抬着出来。但他又特别重,越南人个子都很小,又吃不饱饭,力气不够,抬不动他,到现在还没出来。

于是残骸组一行人继续往山谷里前行,半个小时后,看到有七八个人抬着一个树枝绑成的担架缓慢地沿着山路走。原来这正是被抓获的美军飞行员,由越南民兵抬着,走走停停下山来。残骸组人员赶上去,由翻译和越南民兵沟通情况。这时躺在担架上的美军飞行员,直盯着残骸组的成员看着,一下好像想到什么,冲着他们直叫:"China Maozedong(中国毛泽东)!"美军飞行员还突然挣扎着坐起来,伸手往飞行服的口袋里掏东西。残骸组四人不约而同拔出手枪,指住敌飞行员,怕他掏武器。但只见敌飞行员在飞行服里掏出一条白丝绸布,上面印有美国国旗,还有多国文字。他用双手拉开,我舅舅清楚地看到第一组的中文字写着:"我是美国公民,我不会说中国语,我不幸要求你帮我获得食物、住所和保护,请你领我到能给我安全和设法送回美国的人那里,美国政府必大大酬谢你们。"这一块印有中国和越南文字的长布条,是每个侵越美军飞行员都随身带的"护身符",被称为"投降书",我舅舅以前听说过,现在亲眼看到了。被俘飞行员嘴里含混不清地说着什么,国防科工委黄工懂英语,大致听懂他的话,他的意思是:他愿做中国人的俘虏,他的同伴跳伞时已死了,他也负了伤,断了一条腿。美国飞行员都知道向中国人投降会保住性命。

我舅舅仔细看清这个被俘的美军飞行员,约一米九的大个子,二十多岁,蓝眼珠,穿着美国海军航空兵灰蓝色拉链的尼龙飞行服,飞行帽没有了,飞行服的军衔显示,他是美国海军航空兵中尉飞行员。他左下腮伤得较重,可能是跳伞时刮伤的,有十多厘米长的伤口,皮肉外翻,血迹已干涸。库小媛马上开始了救治。她首先发现飞行员严重缺水,立即把自己的水壶打开了,让美国人喝,美国人咕嘟咕嘟地一口气喝光了。库小媛发现他的左小腿切断了,断腿不知在哪里。这个美国人自己采取了紧急救治措施,用一条伞绳捆住了断腿的断口,止住了动脉的大量失血,要不然他早就没命了。但是库小媛发现他失血太多了,目前的伤口还在继续出血。她立即给他注射了足够剂量的吗啡止痛针,接着注射了止血针,用战地紧急止血方法给他做了治疗,包扎了伤口,还注射一针能维持一段时间生命的高能量蛋白针。美国飞行员被注射过吗啡之后,明显放松了下来。我舅舅发现库小媛的救治技术非常熟练,那个飞行员已经完全信赖她。

库小媛发现美国飞行员因为失血过多,脉搏微弱,普通人可能已经死亡,只是这个美国人体质特别好,还能坚持,但是必须尽快给予输血输液,否则可能会死在山路上。她向张参谋作了汇报。张参谋知道活捉美国飞行员是一件大事情,应该尽可能保住他的生命。身材瘦小的越南民兵无法把沉重的美国人快速抬出山,只能由残骸组的人员出手了。于是,残骸组的人员从越南民兵手里接过了担架。我舅舅身材高大,抬前面的位置,山路狭窄,他只能一个人抬,后面有两个人抬着往前推。这个美国人大概有一百公斤,即使断了一条腿还有九十五公斤以上,远远超过我舅舅的负重能力。我不知道他是怎么抬着担架出山的,多年后我看过电影《小花》,刘晓庆演抬担架运伤员,因山路太陡,在前面抬的她只得跪在地上往上爬,石头路上留下她膝盖的血印子,这个场面让我很感动。我觉得我舅舅当时抬担架的情况应该和刘晓庆的样子差不多,只不过刘晓庆抬的是一个游击队战士,我舅舅抬的是一个美帝国主义飞行员。当时战地记者朱复兴用照相机拍下了几张照片,我后来在援越老兵的论坛上看到了它们。

不知花了多么大的力气,终于把美国飞行员抬出了山谷,到了有路的地方。张参谋用步话机喊通了司机小陈,让他开车过来接。但是,在小陈的车到来之前,越南方面有一群军人过来了。他们拦住了残骸组,要带走美国飞行员。的确,中国和越南方面有协定。"在越南,中国参战部队击落美军飞机,如俘获美军飞行员要在二十四小时内交给越方。"当越方人员和残骸组交涉的时候,美国飞行员意识到他会被越南军人带走,显得特别紧张,死死抱住了路边的一棵树不放,不愿跟越南军人走。

库小媛起初坚决不同意越南军人带走美国飞行员,她说这样他会送命的,必须带他去野战医院先治疗。但是越南军人态度坚决,说一定要马上带走。最后张参谋对库小媛说不要再争了,这件事有关两国的关系,只能服从越南方面,库小媛只好作罢。她把一剂吗啡注射针递到飞行员手里,通过黄工程师的翻译告诉美国人,让他在痛得实在受不了的情况下使用,只要把针头扎进肌肉,然后推下针筒,吗啡剂就会起作用。库小媛说话时,美国人的眼睛紧紧盯着她看,好像她能决定他的命运一样。美国人经黄工程师翻译听懂了她的话,知道事情已经不可避免,才松开了抱住树的手,让越南军方带走了。

当天夜里,残骸组返回了驻地。他们的车子先开到了野战医院,送库小媛回去。每个人和她握手说了再见。我舅舅从黎明前到现在和她相处了十多个小时,虽然都没有说上什么话,但是他能觉得库小媛和他是心有默契的。在车子离开了野战医院之后,我舅舅就在盼望着,不知下一次什么时候才能见到她。

那一场夜战之后,美国人损失了好几架飞机,但是也达到了目标,桥又被炸断了。根据美国人的节奏,他们的空袭会停歇几天。部队的战士有了空闲,又会去找些敌机残骸来做纪念品。当地的越南老乡知道战士们需要飞机的残骸,除了重要的部件他们会交给越南政府,会把一些政府不要的残骸拿来给中国军人,和他们换取香烟、电池、肥皂之类的东西。这回也一样,空战几天之后,就有越南老乡陆陆续续拿东西过来了。有飞机舱玻璃、机身铝皮、降落伞布。有个战士用一盒大前门香烟和一个越南老乡换来一只美国飞行靴子,当时这牛皮做的飞行靴子装在一个破布袋里。这个战士觉得这皮靴质量很好,想把它剪开了做鞋垫。等他从布袋里拿出靴子,觉得好重。仔细一看,吓了一大跳,靴子的里面还留着从脚髁以下的断腿,一定是飞行员的腿被炸断在里面了。这个战士觉得既恐怖又恶心,就把飞行靴子扔到了团部服务社外面的土坪上,心里还为自己白白浪费了一包大前门香烟心疼。消息传开后,好些人都过来观看。套在靴子里的半截小腿上的毛特别多,断口处已经开始腐烂,靴子是土黄色,和从前士兵穿的翻毛皮鞋相似,但要厚重许多。那鞋带特别结实,有个胆子大的士兵过去把鞋带解了下来,给自己扎东西用。围观的人很快就失去了兴趣,散去了。这时,一只狗走过来,闻了一下,叼起靴子就跑。跑到前面不远处蹲下来,本想美餐一顿,但是只能咬到靴口边的一点点肉,因为炸断在飞行靴里的半截小腿套得很紧,狗只得无奈地把靴子丢在路旁,再次闻了闻,最后不甘心地走开了。

　　我舅舅从山上下来之后,因为抬担架用力过度,左腿的伤,疼痛得不能走路。他在听说服务社外边土坪上的飞行靴子之后,联想到这可能就是那个飞行员的断腿,他毛骨悚然,自己的腿也更痛了。那个夜里,我舅舅做起噩梦,先是梦见自己开飞机,但是没有脚,爬不上飞机,走不动路。后又梦见那个飞行员对他说,我们都是开飞机的,没有脚可不方便,请把我的腿还给我吧！第二天一早，我舅舅去拿了把铁锹，在那只飞行靴子的边上挖了个深坑，把这只美国飞行员的"靴子"埋了。这以后，他左腿的疼痛慢慢消失。

二

距离上面所说的事件约四十年之后的某天，我收到了史密斯发来的邮件，说自己从下一个月的第一天起将回到中途岛号上去当值，问我是不是可以去舰上见面？我查了一下自己的时间，觉得可以，就答应了下来。于是在下一个月第一个星期四，我先是飞到了拉斯维加斯，之后驾车经洛杉矶，前往圣地亚哥。我在夜里到达了圣地亚哥。

到这里之后，我明白了为什么退役的航母中途岛号会选择了圣地亚哥这个海港。这里是美国太平洋海岸的最南端，再下去就是墨西哥了。"二战"时期这里是美国海军最重要的基地，和它所面对的太平洋中的珍珠港基地连成一线。当年"二战"结束美国海军归来时，在海港大道上，一个女护士和一个迎面而来的素不相识的海军士兵亲吻，这张照片成了"二战"结束后最有名最愉快的摄影作品，如今在海港大道的原来位置，有一座和真人一样大小的雕像复原了原来的情景，无数的人在这里照相留影。中途岛号航母就停靠在离这个雕塑不远的海滨大道上。

我把车停在了旅馆,选择步行去航母。这一带完全是航海的世界,靠在海边的船都和旅游业有关,有木帆船、海盗船、各种游艇游船。在一艘仿古三桅船停靠的码头上,有一批夏令营的学生正准备登船。我远远就看见了庞大的航母屹立在海边,主甲板上停着很多型号的退役飞机。穿过一个上千车位的停车场,我登上了舰桥,在入口处买了门票。

史密斯在船上等着我。他穿着当年式样的飞行夹克,头发和络腮胡子都已经灰白,修剪梳理得整整齐齐。他的个子很高,体态也很大,非常和气,让人想起了海明威。我一见他便有遇到故人的感觉,因为他是和我舅舅有过交集的人。史密斯首先带我去参观航母的各个部位。我之前在新泽西的码头看过"肯尼迪"航母的主甲板部位,内部则从来没有进入过。航母内部大得让我无法想象,里面的生活设施齐全得像一个城市。电子设备极其先进,在1966年的时候就早已开始使用和GPS同样功能的定位系统。我想着当年我舅舅他们用简单的85毫米高炮对付的就是这样先进的战争机器,还居然打下了他们那么多飞机。史密斯在前面给我引路,当他穿行在长长的通道,爬上一层层楼梯的时候,我看出了他的左腿的行走有一点不一样。我相信他左腿装的是假肢。

参观之后,我们坐在中舱里面的一个咖啡室里,这里供内部人员使用,不对游客开放。史密斯告诉我,他最后一次飞行的一个小时之前,就是坐在这个咖啡室里和伙伴们聊天打扑克。史密斯说自己那天飞出去的时候,并没有预感会被击落。他已经飞了一百多次任务,对于外苏河、克夫地区一带的地形熟悉。他的上级告诉他如果发现地面上有红色的牌子,那就是中国高炮的阵地,只管往那里扔炸弹。还有,如果被击落了跳伞,尽可能向中国军队投降,在每个人发的一块绸布料做的投降书上,都特地印上了中文。他说最困难的事是中国高炮会一直转移阵地,甚至会把阵地设在不可能的地形上,直接对着飞机的俯冲角度。这一天,他的任务就是轰炸高炮阵地,保护大型的轰炸机炸断桥梁和铁路。在他做第五次俯冲轰炸时,机身被打中,尾翼折断,飞机立即失控。在飞机被击中之后,飞行员所能做的是尽量把飞机往越南南方或者海边方向飞,以增加被飞来救援的直升机营救的可能性。但是他的飞机还没升高就失控了,他只得马上跳伞,跳出的刹那间感觉到腿被划了一下。等到了地面,发现自己的左脚在小腿下方被切断了,血在喷涌而出。他知道按这样的出血量和速度,再过几分钟他就要休克了。他马上割断了降落伞绳,把断口捆扎住。之后,他打开了无线电信号发射器,等待着自己人的直升机前来营救。但是,他等到的是,一群个子矮小的越南民兵慢慢包围了过来。他说自己当时手里有手枪,还有机会自杀。但是他想起了自己老家美丽的弗吉尼亚山庄的风景,想起了剑桥大学的河流,就决定坚持下去。他向越南民兵投降了。

我把我收集到的那一张照片拿出来,给史密斯看。我同时迅速比对了照片和史密斯本人，毫无疑问，照片上的那个被俘的美国飞行员就是他。照片上，主体是史密斯，周围站着一些越南民兵，还有个背影正是库小媛在给史密斯做急救治疗。史密斯取出了老花镜，拿着照片仔细看着。我不知道这个时候他内心深处是不是复原了那个特别困难的时刻所发生的事情。他的手在颤抖，但我发现他很快就控制住了。

"是的，这个是我。没有想到当时还有照片留下来。"史密斯说，"这是我一生中最困难的时刻。那个山谷非常高，那些越南人用尽办法都无法把我抬出去。而我那个时候断了一条腿，剧烈的疼痛在发作。我非常后悔没有自杀，不过我知道再这样折腾几下我很快就会死了。就是在这个时候，我看到了几个不一样的人。他们虽然没有穿中国军队的军装，但我知道这些就是用高炮打下我飞机的中国军人。我们的 Boss（航母飞行员称指挥官为 Boss）已经为我们准备了中文的投降书，所以我拼着死命引起他们的注意，向他们投降。我没想到这些人中有一个女护士，给我做紧急治疗。在她为我注射了一针之后，我从疼痛的地狱里解脱了出来，我知道这一针是止痛的吗啡，所以我就对她产生了信任。在她为我包扎了我的断腿伤口之后，我相信自己不会死去，有了想活下去的想法。后来，我记得是几个身体健壮的中国士兵把我抬出了山谷，我相信你的舅舅一定在里面。但是不久之后，我发现有一队越南士兵拦住了我。我知道一定是越南军队要带走我。我看到中国的军人在和越南的军人交涉,我能看到那个女护士在激烈争辩,最后,她停止了争辩。我虽然听不懂她说的话,但是我能看到她的眼神,她的眼神充满了无奈。最后,我听到中国军人翻译对我说只能把我交给越南军方了。女护士给我一针吗啡,让我自己在痛得受不了的时候使用。我看着女护士,一直希望她会救我。这个时候她的眼睛里充满了伤感和无奈,但是我能看懂她在鼓励我坚持下去。在那个时刻,这样的眼神真是像圣母马利亚一样给我力量。我本来是抱着一棵树不肯走的,后来就松开了手,被越南军方带走,开始了我五年的战俘生活。你知道吗?那一针吗啡我后来一直没用,在路上我痛得快昏过去的时候,我都告诉自己,你还要坚持,如果真坚持不住就使用吗啡。我就是靠这一针吗啡的希望坚持了下来。在后来的五年河内监狱里,当我最困难的时候,我都会想起女护士看我时的那种眼神,我最后终于坚持到了被释放时刻。"

我聆听着史密斯讲述的同时,看着他那一条装着假肢的腿,不可抑制地想起了我上面写到的一只越南狗啃不到飞行靴里面的肉和骨头,最后无奈放弃的事情。不过这件事我没有对史密斯说。

"你能告诉我,那个女护士还在世吗?"史密斯说。看得出他在紧张地等待着答案。

"她已经不在人世了。"我说。

"是战斗死的吗?"他问。

"不,是事故死的。"我说。我说的不是真话,但是我无法把真实的情况告诉他。

"原来是这样的。"史密斯说,他的紧张状态松弛了下来,好像是一种解脱,"我也觉得她已经不在人世,因为她这样的好人只能活在天国中的。"

史密斯和我坐着喝咖啡时,不时会有些和他穿着一样飞行夹克的老兵过来打招呼。史密斯都会向他们介绍说我的舅舅当年救了他。而那些老兵也都会客气地向我道谢,说几句好话,但看得出他们不是真心的。史密斯没有对他们说,我舅舅是被美军飞机投的炸弹炸死的。我看着这些老兵,他们都是当年攻击外苏河的飞行员,没准那天投下炸弹炸死我舅舅的飞行员就在我面前。我所遇见的每个航母老兵都有这个可能性。

第 六 章

一

关于这一次抓到美国飞行员的事件,我后来在不同人的叙述中反复听到过。有的完全走了样,比如说成是美国俘虏被押送到了中国,尼克松访华之后才释放回美国。同样的事情,铁道兵原参谋长龙长春也叙说过。他说得很具体,说到了被俘美军拉起带中文的投降书的细节。记者问他是不是看见过这个飞行员,他用加强的语气反问了一句:我去看他干什么?

龙长春光是这个名字,就显得很牛、很大气。那个时候他四十来岁,正是盛年之时。上面写到他坐着吉普,戴着钢盔,像是巴顿将军一样到处跑。他的办法多多,总是手里有几张牌不打出。美国人炸了桥之后,他的便桥很快架起来。轨道炸了,更不在话下。所以他从朝鲜战场开始,就是美国人的眼中钉。我起初对龙长春知道得不多,他和我姥爷是同一辈,只是岁数小了七八岁,参加革命也晚了几年。我母亲告诉我龙长春和我姥爷在朝鲜战场合作过,关系不错,我得叫他龙大爷。我从来没有见过他,后来看了一些资料,知道了龙大爷早年的一些事情,还看到了几个非常奇妙的巧合。

龙长春少年时是在山西的同蒲线(大同至蒲州)铁路上干活的。那条铁路是阎锡山在1933年主持修建的,当时为了省钱,按照窄轨也就是米轨的标准修建。龙长春在铁路上干了几年活儿后,于1938年参加了八路军,后来一直在叶剑英、吕正操的手下干和铁路有关的事情。打跑了日本鬼子接着打国民党,没安稳几天又跑到朝鲜打美国佬。官职也升到铁道兵后勤副司令。朝鲜回来之后,他过上几年安稳的日子,上级把他安排到了铁道兵学院当院长。当中央做出抗美援越决定后,吕正操点名派他带了一支铁道兵奔赴越南。

到了越南之后,一看这里的铁路他乐了。原来这里的铁路铺的是当年他在山西同蒲线上干活时的那些铁轨,二十八年前的他摸过的铁轨现在他再次摸到了。事情由来是这样的,殖民时期法国当局花了十年时间修了一条河内到同登的窄轨铁路,在胡志明领导的抗法战争中,这条铁路被炸得千疮百孔。到了1954年越南恢复了和平,胡志明请求中国帮助。当时中国自己不能生产这种窄轨,结果毛主席为了支援越南,下令把山西的同蒲线铁轨拆了,全部运到越南去,还配备了相应的机车设备,只花了四个月就把同登铁路修复了。龙长春到来的时候,美国人又把这条铁路炸得麻花似的。龙长春在朝鲜战场和美国人玩过,知道怎么对付他们。在他的主持下,河内到中国的铁路很快通了。这条铁路不仅连接着中国,还连接着苏联和东欧。美国人从情报里知道朝鲜战场的龙长春又来越南了,一心想除掉他。据说那个时候越南北方的间谍特务很多,他们把龙长春的行踪报告给美军指挥部。但是龙大爷十分狡猾,总是藏在深深的地堡里面,只在没有敌机的情况下才会出来巡视。我看过一篇参战老兵的文章说,美军起初轰炸外河内的交通枢纽龙边大桥怎么也炸不准,后来有个越南女间谍出现在桥下河边,指挥美军飞机准确炸断了大桥。这个女间谍被抓到之后,在她的胸罩里找到了发报机。这个故事不大可信,胸罩里面藏发报机大概是入越战士编造出来的情节,让人联想到女特务的乳房,有点刺激性。后来中国有个电影叫《海霞》,里面的特务阿泰把发报机藏在断腿里面,让观众印象深刻,但这个故事的刺激性明显不如胸罩版的吸引力大。

话说回来,龙大爷虽然十分狡猾谨慎,但是有一天还是被美国人给炸了。

那是一个雨云密布的天气。龙大爷没有接到有空袭的预报。他看看这种天会下雨,美国飞机是不会来炸的,所以他决定到二十公里外的克夫站一带巡查一下。他坐上了吉普,边上是警卫员魏友存,前面司机加上政治部的一个干事。车子开出来时,却见天色开朗起来,一阵风过来把雨云都吹散了。龙大爷就心里有点打鼓了,怕有意外情况。但二十公里不很远,眼看就要到了。就在这个时候,警卫员看到了水稻田里几个越南农民放下了农具,丢下了水牛拼命往树林里跑。他知道不对,一定有飞机来了。他叫驾驶员停车,大家快下车隐蔽。一下车,就看见天上一架鬼怪式超低空飞来,政治部的宣传干事是个新来的,不知危险,喊着,我要拍照,端着相机对准了扑来的敌机。龙大爷还没反应过来,就猛地觉得眼前有一阵强烈的白光,什么都不知道了。

龙大爷苏醒过来时,第一眼看到的是宣传干事的头被打开了一个洞,早就死了。驾驶员也已经死了。警卫员魏友存就在他身边,大概是在敌机俯冲时扑在自己身上做掩护。魏友存在昏迷中,龙长春看到他一条胳膊断了,动脉一阵阵在喷血。龙大爷意识清醒了,赶紧去摇动魏友存,大声喊:醒过来醒过来,你受伤了。当魏友存睁开眼睛,龙大爷把急救包掏出来,使劲把他的动脉伤口勒住,不让动脉喷血。做完这些,他自己又昏睡过去。魏友存恢复了意识,看到龙首长的腿上一条动脉也断了,在汩汩流血。魏友存已经找不到包扎的材料。唯一的办法,就是用嘴巴咬住。他在龙大爷被打得血糊糊的腿上找到被打断的动脉,一口咬住,血不再流失。之后,魏友存再次昏过去,龙大爷也昏迷着,像是两个喝醉酒的哥们儿躺在一起,直到救援人员半小时之后赶过来救起了他们。他们的伤很重,被送回国内救治,都救活了。龙大爷伤好之后,遇上了"文革"的冲击,被解除职务下放到了江西的农场。他的警卫员本来是可以继续在北京的机关里工作的,但是看老首长被逐出北京,他也主动放弃了军职,退伍跟着龙长春到江西的农场里劳动。龙长春和魏友存一起在农场放了好几年的牛,一直到了1975年邓小平、叶剑英主持中央军委工作时,龙长春才重新被起用,当上了铁道兵参谋长。而他忠实的警卫员魏友存则执意回到老家山东侍奉自己八十岁的老母去了。

如今龙大爷已有八十九岁,在北京的家中种了好些花。我是在一个采访节目里看到龙大爷的,听他缓缓道来,思维还是十分清楚。节目制作人员很会制造效果,他让龙大爷给魏友存拨了一个电话,两人说说话。

"喂,是小魏吗?"龙大爷拿起了话筒。

"我是友存啊,老首长,你都好吗?"画面里出现了在山东农村的魏友存。他也已进入老年,头发斑白,消瘦。他说话的声音有点颤抖,看得出很激动。

"我身体还好啊。我们有很多年没见了吧?很想你啊。咱们两个可是有了你才有我,没了我也没有你,真是同生死共患难。你可要好好保重自己啊。"龙大爷动了感情,看得出眼冒泪花。

"好的,首长,你要保重身体。我争取明年去北京看你。"

魏友存那边也在拭着眼泪。

制作人员切换了镜头,回到了访谈上。

龙大爷把参加战争说成是"搞战争"。一说起和自己一起在越南"搞战争"的战友,他嘴唇发抖,哭了起来。他说自己一想起死在越南的那些战友,就觉得心里特别难过。搞战争总要死人,这个没问题。但是他们死在了越南之后,祖国的人民都不知道,报纸上不做宣传,烈士名字不公开,家属也不知道他们埋葬在什么地方,没有地方可以祭拜。他说自己从越南回来之后,一直想为烈士的问题做点工作。起初是靠边站了,后来出来工作后不久,中越关系恶化,还打了一场边境战争,让他根本无法考虑这个问题。一直到了中越关系得到改善,民间有了旅游团的往来,龙大爷又开始嘀咕这个事儿了。当年的援越老兵都退了下来,大部分人的经济条件不错,还学会了利用互联网联络沟通。他们有一种强烈的怀念战友情绪。龙大爷觉得自己再也不能沉默了,他打电话给军委总参谋部的有关领导,说我们应该去寻找和祭拜死在越南的抗美援越烈士,如果组织上出面不方便,那我龙长春自己以个人的名义去一趟越南。这件事他没有得到总参的正面回答,但是总参还是做了一些工作。不久之后,中国驻越南大使馆出面去祭拜了一次抗美援越烈士墓园,并证实所有的烈士陵园基本保存完好,有的还得到了保护和修缮。我的母亲就是从那天起知道了越南的烈士墓还在,叮着要我去越南看看舅舅的墓。

二

母亲交代的任务让我变了一个人。本来我是一个不喜欢和别人交流对别人的故事和隐私毫无兴趣的人,但为了完成我母亲的任务,我必须硬着头皮去联络人,去搜寻那一段历史的蛛丝马迹。在我前往越南之前,我已经接触到了很多口述的故事。我被不断发现的人物和细节所吸引,开始主动介入。

有一个人让我不能平静。她叫江雪霖,是山东济南一个退休的大学老师。说的是每年清明节,她都会到火车站的站台上去祭拜丈夫,因为他们是在那里分手的。丈夫牺牲几十年了,她不知他身葬何处,只能在这最后分手的地方哭一哭。而我知道这个事情的起因是因为济南那个德国人建造的哥特式风格美丽无比的老火车站在城市改造中被拆了,代之的是一个毫无艺术感觉的平板的车站。声讨拆除老车站的人拿这个催人泪下的故事煽情,说这个烈士的遗孀再也没有地方去祭奠失去的丈夫了。我对济南老火车站被拆并没有什么痛心的感觉,连北京老城墙这样的宝贝都可以拆除,还有什么不能拆的?我所关心的是江雪霖老师在电视采访节目里所叙述的故事。

毫无疑问,她年轻时是个美丽的姑娘。我在视频上看到了几张她那时和丈夫甄闻达的照片。有一张她穿着连衣裙，她丈夫穿着中山装，三七分的头发梳得十分整齐，样子十分英俊。还有一张她丈夫是穿军装的，戴着军帽，神情严肃，她的表情看起来也有些沉重，不像前一张那样充满幸福感。但无论如何，他们看起来都是超凡脱俗的人，让我想起毛主席所说的"脱离了低级趣味的人"。那个时候的照片无疑全是黑白的，可清晰度都很高。那时照相是一件大的事情，他们在照相之前都会精心整理仪容。

"你为什么每年的清明要到火车站月台上走一圈？"记者问。江雪霖好久说不出话，拭泪。终于她抬起头，说："就是夫妻一场吧。他走了，我不知他埋在什么地方，无法去看望他，我只能到和他分别的火车站月台去看看他。"她说着。第一句话说出来之后，她的话开始流畅起来。

"那天我送他到火车站，离开车的时间还早。他上了火车，我站在月台上火车窗口和他说话。现在想起来他是想让我到火车上和他告别的，因为他知道这一次是要去越南打仗，有点恋恋不舍的。而我却一点不知道他马上要上战场，而且还是到国外去，以为只是一次和过去一样的分别，过些日子还会见面。我没有送他上车去，就站在月台上和他告别。火车开了之后我就转头走了，也没有目送他，多看他几眼。没想到这一分手就是永别。"

接着视频上又开始推出好几张他们的照片。每一张都那么清纯好看。这些照片照于六十年代初,那时虽然政治运动不断,但还没摧残了人的心灵,每个人还都有本真的面容。江雪霖虽然出身资本家家庭,照片并没有畏缩的眼神,眼里闪射着青春和自信的光芒。那时军人是最可爱的人,甄闻达那样英俊的军人肯定是姑娘们梦想的终身伴侣。六十年代初交谊舞很流行,他们就是在一个大学的交谊舞会上认识,很快坠入了爱河。在他们好上之后,甄闻达遇到了一次政治大考验。他原来是北京总参机关的一个机要秘书,担任着非常重要的职务。他家三代都是工人阶级,祖父和父亲都是煤矿工人,他是经过组织上严格挑选审查才被选中担任这个工作的。他和资本家女儿谈恋爱受到了组织上严厉的批评。最后组织上让他选择,要么选择政治前途,和女友结束关系;要么选择女友,但是会失去政治前途。甄闻达毅然选择了继续和江雪霖在一起,并且很快订了婚。他因此被调出总参,调到了驻扎在福建前线的宁德军分区高炮团当了个普通的干事。

纪录片解说员旁白说甄闻达没有因为妻子的成分影响自己前途产生怨言,从容地离开了大机关,到了地方军分区的部队。他的这一选择让我产生了敬意,这样的行为在那个年代真是太不容易了。结婚之后,他们有了孩子。甄闻达长年在部队,一年只有一个月的探家休假,养育孩子的任务全落到了江雪霖身上。江雪霖说起了他们相聚的日子是那么短暂,可又是那么幸福。他们带着孩子去过青岛海滩游泳,登泰山看日出,还经常一起去看电影。但是,江雪霖感觉到甄闻达虽然表面上还是那样带着笑容,内心的失落却在每天每夜啃啮着他的心。他之前是前途无量根正苗红的青年军官,工作在祖国的心脏红色的北京,接触到的是最高级别的机密,而现在则是被发配到了边缘的军分区做一个默默无闻的干事,还时常受到别人说他犯了错误的猜疑。江雪霖说自己发现甄闻达的两鬓开始出现了白发,额上有了皱纹,而那时他才三十岁出头。江雪霖说他在她面前从来都是无怨无悔的,但是她说到了一个事情,我觉得很意味深长。

江雪霖说的是甄闻达1966年最后一次探家时的一件事情。说他在探家的同时还顺便破了一次四旧。他们结婚后,因为甄闻达老家在农村,婚后的家就安在了济南江雪霖父亲留下的房子里。那是个小洋房,解放后只留了一小部分给她。在这留下的两间小屋里,有她父亲留下的一些书籍,有外文的,有古代的。甄闻达说这些是四旧,会给她带来麻烦的,那几天他把它们都烧了。还有好些卷轴字画,有齐白石、黄宾虹、吴昌硕的,也都烧了。最让她舍不得的是她父亲为她画的一幅扇面,上面画了一个侍女和蝴蝶,是她从小开始用到现在的。她请求他不要毁掉,但他还是将它丢到了火里。她说他的坚决让她惊讶。

我听到她说这些事情的时候,心里明白了前面她所说的没有送他到车厢的原因。我想这也许是她潜意识里对他烧毁了她父亲画的扇面怀有怨气而做出的一种报复。然而相对生离死别的大事，这些细节都可以忽略过去。他走了之后，留给她的只有彻骨的思念和牵挂。

转眼丈夫离别已经半载有余。天气转热，江雪霖扯来了一段绸布，请裁缝给甄闻达做了两条绸布短裤。她想着在南方天气炎热，穿绸布的短裤会舒服凉快一些。另外，她还买了两盒巧克力糖，一起给丈夫寄了过去。最近的半年多时间，她发现了一些异常的事情，虽然丈夫还会按时回信，但是话明显少了，只是说训练和工作都很忙，其他都好。她看到信件投递的时间明显长了，从他写下的日期到她收到信件，要一个多月时间，而过去只要一个星期就可以收到。她知道一定有什么事情改变了，但是她知道丈夫机要员出身，最不喜欢她打听部队里的事情，所以她一直没有问。在她这一次寄出了包裹之后，就一直等着他的回信。两个月之后，她接到了他部队里寄来的一封信，同时还有一个包裹。这是一封死亡通知书，说甄闻达在战斗中英勇牺牲了，那个包裹里是他的遗物，一套军装，一只手表，还有她寄过去的绸布短裤。这个时候江雪霖才知道原来丈夫是去了越南作战。一年之后她去了一次丈夫生前的部队，去接受丈夫立功的奖状。和甄闻达一起作战的副营长告诉她，说甄闻达同志牺牲的那天上午，他拿出了一包巧克力，说是家里妻子从济南寄来的，打开盒子要请大家一起吃。可就在这个时候，敌机空袭的警报响了。大家放下巧克力糖,说等仗打完了再吃,马上走向阵地各个岗位。就这次战斗,甄闻达被敌机的机关炮射出的子弹打死了,他死得很勇敢。江雪霖向部队提出,想去看看丈夫的坟墓。部队首长说:他的遗体埋葬在越南的土地上,现在是不能去扫墓的。她问过什么时候才可以去探望,首长说等我们打败了美帝国主义之后吧。

江雪霖说到这里,泪水止不住地涌出,说不出话来。停了一会儿,她继续说。她说从那一天起,她就把去越南给丈夫扫墓作为自己人生的一个目标。她一直盼望着有这么一天。在还没有希望之前,她只能每年在清明节的时候,到济南火车站当年和丈夫告别的月台上去,在那里徘徊几步,想念着丈夫的身影。但是没有想到,去越南扫墓的愿望还没实现,这边的火车站拆掉了,她不知道去哪里悼念丈夫的亡灵。

江雪霖老师的故事让我感动。现在我明白了四十多年无法去探望亲人坟墓是一种怎么样的煎熬,也明白了我母亲心里面那份悲情。我得抓紧行动,去探望舅舅,也探望和他一起死在越南土地上的那些中国军人。

三

我舅舅在残骸组干了一个月,表现很不错。到了5月份,整个月都在下雨,所以美军飞机的空袭大大减少。这样外苏河防区就显得很平静,部队除了训练,就是政治学习,经常举行学习毛主席语录先进事迹讲用会。这段时间很空闲,我舅舅过了几天逍遥自在的日子。有一个上午,一辆吉普开到残骸组驻地,司机说政工组长要我舅舅过去谈话。我舅舅不知是怎么回事,就跳上吉普跟车去了。车子到了防区指挥部,司机领他到了一间屋子里,政工组长坐在一张桌子前,在等着他。他让我舅舅坐下,然后只管自己翻着桌上的文件。过了许久,他抬起头来,看着我舅舅。

"你还是没有剃掉你的小胡子。"政工组长说。

"报告首长,我是剃过的,可是它很快又长出来了,而且长得比以前更粗更黑了。"我舅舅实事求是地说。

"那就更加需要勤快地剃,每天都要剃。"政工组长说。

"可是我没有剃胡子的刀,上一次还是连队的业余理发员给我剃的。"我舅舅说。

"不要强调客观理由,要从主观思想上挖根子。你的这种思想就是:扫帚不到,灰尘照例不会自己跑掉。"

"是,首长。"我舅舅应道。但是他心里在琢磨,毛主席这段语录说的是:"凡是反动的东西你不打它就不倒,这也和扫地一样,扫帚不到,灰尘照例不会自己跑掉。"难道我的胡子是反动的东西吗?

"知道今天我为什么找你吗?"政工组长问。

"你不是说我的胡子的事吗?"我舅舅说。

"是比胡子严重得多的事情。你想想,你最近做过需要向组织上报告说明的事情吗?"

"没有啊!我没有做过什么啊!"我舅舅有点丈二和尚摸不到头脑。

"你自己想想,最好自己主动向组织说明。"政工组长说。

"我真的想不起来有什么事情。"我舅舅说。

"那我提醒你一下,3月9号那一天你做了什么事情?"政工组长说。我舅舅心里一算计,3月9号那一天好像正是他去看望库小媛的那一天,莫非他指的就是他和库小媛的事情?一瞬间里,他的脸上出现了红晕。但是他明白他那天只是很正常地去看望库小媛,而且有一个送毛主席纪念章给她看的理由。他根本没做错什么事。

"看,心虚了吧?想起来了吧?好吧,你自己说说那天你和那个苏修军官谈的是什么话吧。"政工组长站了起来,在我舅舅身边踱着方步。我舅舅听到他说的原来是和苏联军官交谈那件事,心里就乐了。他之前还真的有点害怕是和库小媛的事。

"你说的是苏联车队和我们的车队对上了这件事吧?是的,我那天是和苏联人说了话,让他的车队和我们的车队交叉着通过十字路口。"我舅舅说。

"你是怎么和苏修分子联络的?用的是密码还是暗号?听说你递给苏修分子一根烟。苏修分子用打火机给你点上烟。你的香烟里面有没有夹带情报?苏修的打火机是不是带着微型照相机?你怎么会说俄语呢?"政工组长厉声说。

"首长,请不要乱扣帽子乱打棍子,什么叫联络?什么叫密码还是暗号?你问我为什么会说俄语,那是因为我从小学开始学校就教俄语,那时我们还经常去老莫餐厅(注:北京莫斯科餐厅)吃列巴喝格瓦斯呢。"我舅舅毫不胆怯地顶了回去。

"这说明你从小就受到苏修的影响,和苏修保持着紧密的关系。说吧,你那天和苏修分子谈话的内容是什么?"

"苏修军官对我说,他们的车队要赶时间到达目的地。我告诉他我们的车队也同样执行着紧急的任务,不可能先让他通过。最后我和他说通了,双方车辆交叉着过十字路口。"

"就算你说的是真的,你也已经犯下了严重的妥协主义错误。我们和苏修分子就是要立场坚定旗帜鲜明,不获全胜决不收兵。敌人要及时赶到阵地,我们就要坚决拖住他们。"

"可是如果在路上顶牛了,我们的车队也过不去,也不能按时到达阵地啊。我们和苏修的导弹部队毕竟对付的是共同的敌人美帝国主义,我们的铁路不是也帮着拉苏修的专列吗?"我舅舅说。

"你不要给我狡辩了!"政工组长发怒了,拍着桌子站了起来,对我舅舅训话,"你犯的错误很严重,组织上正在调查你的问题。在受调查的这段时间,你得好好反省自己,有问题要主动向组织说清楚,争取宽大处理。"

"我没有犯错误。"我舅舅说。

这次谈话之后,我舅舅回到了残骸组,张参谋为难地告诉他,上面要他回连队去,不能再待在残骸组了。我舅舅知道这是政工组长的决定,就打起了背包,当天就离开了残骸组,步行回连队去。这件事情并没有影响他的心情,对这位政工组长,我舅舅从心底里有点看不起。他想起果戈理的《钦差大臣》和契诃夫的小说《变色龙》,觉得这些角色和他有点像,心里就觉得很好笑。

我舅舅回到连队,向连长报告,坚决要求直接参加战斗。经过几个月的磨炼,我的舅舅在心理上生理上都已经是一个老兵了。他见过了那么多尸体,身边的战友说没就没了,他已不再惧怕死神。那个时候他留下一张照片,戴着钢盔,小胡子变黑变粗了,站在一门85高炮前,已经完全是个战士的模样了。我从小在家里的墙上看到的舅舅照片就是这一张。

由于减员严重,部队急需补充战斗人员,所以我舅舅的参战要求被批准了。我舅舅之前的炮班人员分散了,牺牲了两个,重伤了三个,班长马金朝负伤回国治疗,因此他被重新分配。我舅舅有文化基础和航空学校的经历,聪明,反应快捷,指挥排把他要去了。他跟着沈士翔学习当测高机手。

当时连队配备的是四米宽的测高机,它是高炮部队主要的测量仪器。当测高机手可是个技术活,每天的训练要面对着太阳,辨认敌机的型号机种,在最短的时间内测出敌机的飞行距离、高度和速度。对着阳光捕捉目标,是测高机手最大的技术难点。他不怕困难,拿着望远镜对着阳光不断地练习。训练时,他总是把飞机模型放得远些,更远些。他把阵地圆形掩体当作罗盘,把近处、远处的山峰、树木连线到罗盘上,以准确辨别敌机进犯的方向。这里白天天气像火烧一样热,太阳的直射强光使他睁不开眼睛。我舅舅刚开始训练时,没练上几分钟,就头晕目眩,泪水直往下淌。但困难再大,没有革命战士决心大,每到眼睛受不了时,他就暗背毛主席语录《愚公移山》来鼓舞自己。愚公能移山,他亦能克服对着阳光看镜子的困难。测高机手除了要掌握光学器材的观察测距、调频机的密码速报外,重点是熟悉掌握各种飞机的型号识别、战斗性能及飞行方式。美军飞机按战术性能区分:A型攻击机,B型轰炸机,C型运输机,R型战斗机,H型直升机,各种机型看前面的英文字母就知道它的战术作用。我舅舅当了几天的测高机手,就根据老兵的经验结合自己的打油诗才华编出一段顺口溜:B-52个最大,八个发动机吊翼下,执行任务是轰炸,作战需机群来护驾。RF-101是侦察机,战前战后走一遭,拍片照相它都会,忙完加速便逃跑……这些顺口溜好懂易记,对掌握侦察识别有作用,防区指挥所将它印成小册子在其他哨所和前线侦察班推广使用。

我舅舅的连队不缺粮食但缺水。外苏河防区各高炮连阵地都在几十米至几百米的高地或山包上，用水自然比较困难。部队规定不用附近越南老百姓村庄的井水，因为井水有限，部队用了就会影响越南老乡生活，只靠团部的水车给各连队送水。水车有限，白天有敌情时又不能出动，一个连队一般三天才能轮到一次。三天才一车水，炊事班把三天九顿饭的用水铁定扣除，还要每天烧两锅开水供大家喝。剩下的水才是人员洗漱用水，每人每天只能在早上分到半脸盆水。这里夜里还算凉快，但从早晨起床开始，汗就不停地流，衣服穿上身一会儿就湿得能拧出水。湿衣服黏在身上实在难受。后来连队约定俗成，每天早请示、晚汇报必须着装整齐，其他时间自便。所以白天只要不出阵地，大部分时间只穿一条裤衩，任汗水流淌。这种情况下半盆水必须珍惜使用，早晨洗漱完毕，把水放到床下保存好，中午再取出洗一下脸，太热时就把毛巾在水里浸湿搭在背上降降温，晚上才敢痛痛快快地用这半盆水洗个澡。睡觉前把身体打湿抹好肥皂去除全身的臭汗，然后把脸盆举过头顶，慢慢地把水浇下来，这时我舅舅会闭上眼睛尽情享受这美妙的时刻。不过在作战频繁时，水车不能按时到达而断水的事也时有发生。有一天，天气异常炎热，炊事班烧的水不到中午就喝光了，我舅舅渴得难受，嘴里像着火一样，身上的汗都流不出来了。中午躺在床上怎么也睡不着。帐篷顶上虽有一层厚厚的树枝伪装帮着遮挡着烈日，可帐篷里仍像烤箱一样。我舅舅干脆起床不睡了,他戴着盔式帽在阵地上的小道走着。由于转移到这个阵地才几天,他对周围情况还不熟悉,当走到阵地背面的山坡上时,忽然眼前一亮,两百米左右的山脚下竟然有一个水坑。他返回帐篷取了一只水桶,找了一根粗点的树枝,扒拉着没膝的野草顺山坡走下去。原来是一个直径约十米的炸弹坑,四周长满了野草,坑中积满了雨水。看来这是个很久以前的弹坑了,水很浑浊,呈淡黄色。水浑浊一点倒没关系,回去用净水片和消毒片处理一下能把泥土沉淀下来,烧开后能解燃眉之急。他探下身子正要取水,忽然见水坑里水花翻滚,吓得他倒退几步,差点被草绊倒。他心想真有水怪不成?大家都在午睡,阵地上一个人都没有,四周荒郊野外就他一个人。他心里真有些发虚,但扭头走开又心有不甘。他拿着粗树枝慢慢地再次凑到坑边,警惕地注视着水面。只见混浊的水中有一个很大的东西在游动,肯定是一个动物。他扭头跑回阵地的炊事班,把所见的事情如此这般说了一番,几个炊事员顿时来了精神,要他带路去看个究竟。他们来到弹坑边,但见水平如镜,几个人用目光询问着我舅舅:"哪有什么东西,你看走眼了吧?"我舅舅没吭声,示意几个人退后一点儿。烈日下四周静悄悄的,偶尔从坑边传来几声青蛙"呱——呱"的叫声。忽然在靠近坑边的地方翻起一个大水花,几个人都吓了一跳。江苏兵高汉维是个大个子,胆子也大,找来一根长竹竿瞄准翻水花的地方拍下去,紧接着一通乱搅。他大叫："碰到啦,碰到啦！好像是一条大鱼！"我舅舅心想这一个小水坑,怎么会有那么大的鱼？正想着,老高又喊起来："蛇！是条大蛇！"几个人同时看到蛇头从水里抬起来,人多胆子也大了,各人一根竹竿在水坑四周连拍带打,终于打得蛇游不动了。老高费了挺大劲把蛇挑出水坑,是一条近三米长约有手腕粗的蛇。老高说："广东兵爱吃蛇肉,咱们抬回去给他们吃吧,这条蛇有不少肉呢！"蛇抬回阵地挂在树上,不少人过来围观。一个广东兵用小刀把蛇腹剖开,从蛇腹中掉出来五六只青蛙,有一只青蛙还会动,一会儿慢慢跳进草丛不见了。原来这条蛇在水里翻水花是在捕食青蛙。沈士翔路过看到这情景,像是发现了新大陆,大叫："小心,别把蛇皮弄破了！你们吃肉,蛇皮我要。"沈士翔会拉一手好二胡,后来他用一节85炮的铜弹壳蒙上蛇皮,穿上琴杆,做了一把大号二胡。这把琴声音柔和优美洪亮,沈士翔后来在晚饭后都会拉上一段。越战结束回国后,政治部给连队配发了新的乐器,但他们仍然钟情这把自制的蛇皮铜管大二胡,据说到现在它仍然是连里的当家乐器。

四

在连队驻地的不远处,有一大片橘子树林,这里以前是法国人的别墅区,也曾经是法国人的种植园。之前的一段时间,法国橘子林开了花,香气直往营房里飘。而现在,橘子已经熟了,沉甸甸的闪着亮光,常有越南老乡去采摘。往下看,就是蜿蜒而去的外苏河。我舅舅在空余的时间里,常常会看着高地下的那一片河流和田野出神,他觉得这里的风景是那么美妙,让他联想起大画家米勒的那幅《拾麦穗的人》。他有几次看到山下的橘子林里出现了一些奇怪的现象,突然有一部驾驶班的牵引车开到了橘子林边上。车子掉了个头,倒退往树上撞一撞,马上加大油门一溜烟跑走了。这个把戏后来他明白了,原来是驾驶班的人在搞橘子吃。车斗一撞到橘子树,会有好些个熟透的橘子落入车厢。他们把车子开到好远的河边,在那里剥开橘子吃了,吃好后得认真把手和嘴巴的橘子气味洗掉。不过法国橘子香味特别浓,回来之后还是能留下偷吃橘子的证据,得小心躲领导远一点。其实领导对这些事情也管得不严,开只眼闭只眼。我舅舅知道有一回高炮拉到一个甘蔗田里训练,回来时炮筒里藏了好几根甘蔗。回营房之后大家分而食之,排长也吃了一份。

那一段时间我舅舅虽然碰到那么多热闹的事,他的心灵还是孤独的,因为和他一起从北京过来的三个伙伴都分别安排到了别的防区连队,见不到面。到连队之后,除了马金朝,他都找不到内心深处可以沟通的人。和沈士翔也只是表面的朋友,他的眼神让我舅舅觉得他时时在提防着。因此,我舅舅在空余的时间经常会独自待着冥想,白天的时候看着风景,夜晚则看着星空。七月流火,星移斗转,让我舅舅浮想联翩。上面写到在他到达连队的第一个夜晚,他想念的是中南海的灯光。而现在,经过了几次战斗,看到了好几个身边活生生的战友牺牲了,他开始实实在在地面对着生和死的问题了。

我舅舅那一代人中有很多的人都会背诵保尔·柯察金的这一段话:人最宝贵的东西是生命,生命对于每个人只有一次。一个人的一生应该是这样度过的:当他回首往事的时候,他不会因为虚度年华而悔恨,也不会因为碌碌无为而羞耻;这样,在临死的时候,他就能够说:"我的整个生命和全部精力,都已经献给世界上最壮丽的事业——为人类的解放而斗争。"我舅舅一直相信这段话是正确的,但他现在开始有疑惑。他在想着:我们在战斗中牺牲的战士是不是为人类解放而死的呢?他们死在了越南,是为了越南人民的解放事业而死的,可是越南军队也有人对我们不好,我们打下的飞机他们都不给予承认。还有我们打美国飞机是为了人类解放,可是我们的敌人苏修也在打美帝的飞机,他们也是为了人类解放吗?毛主席说:"凡是敌人反对的我们就要拥护,凡是敌人拥护的我们就要反对。"那么,苏联人"拥护"的事情,为什么我们也要"拥护"呢?我舅舅想得头疼欲裂,还是无法从逻辑上找到自己的答案。

有一天下午,连队里来了个"蹲点"的人。我舅舅一见高兴了,原来是八一电影制片厂的摄影战地记者朱复兴,他们之前在残骸组见过面。他要住到连队体验生活,拍摄第一手资料,防区指挥部派通信员帮他搬来很多机器设备。连队的人因为他来自北京的八一电影制片厂,觉得那是高不可攀的,对他特别敬畏。我舅舅一来和朱复兴之前一起执行过任务,二来对北京总政总后单位不觉得陌生,知道八一电影厂是总政的,所以一见朱复兴就有话题可以讲。那段时间除了训练和学习,只要有自由活动的时间,我舅舅就会找朱复兴聊天。

朱复兴大我舅舅十岁,那年二十九岁。我舅舅很快就称他为老朱。和老朱一比,我舅舅觉得自己的经历简直是一片空白。老朱大他十岁,经历可丰富了。他是个战争孤儿,被姑母带大,十四岁的时候参军在解放军的军校学摄影,第二年就到了朝鲜战场当战地记者,经历过上甘岭战役。从朝鲜回国后,马上又参加了解放一江山岛的战斗。之后在1961年,奔赴西藏拍摄中印边境战争。从他参军后,隔那么几年就要参加一次战争,新中国成立之后的所有战事他都参与了。我舅舅对他很是崇拜,把他当成了自己的精神导师。

有一天,全连突然吹起紧急集合哨子,说袁邦奎在河里给水冲走了。我舅舅知道袁邦奎,他下连队第一天时看到有个兵给班长马金朝挤牙膏倒洗脸水的就是他,后来自己的头发也都是他理的。连队的人赶紧跑步到了河边,看到这条外苏河的支流在发大水,水流特别湍急。河上面有很多条船,有越南老乡的,也有咱自己部队的。很快我舅舅知道了袁邦奎是救一个越南老大爷的时候被水冲走的。事情是这样的,这一天袁邦奎外出到军人服务社当义务理发员回来,到河边时看到湍急的河流里有条小船,坐着一个老大爷,快到岸边时船翻了,老大爷和船上的猪笼都掉进了河里,很快被水流冲走。袁邦奎一见河上发生的情况,立刻跳入河中向落水老人游了过来。其实他并不大会游泳,只会几下狗刨式,但是那个时候他完全忘了自己的安危,奋力游向老人。他抓住了老人的衣服后,拼命往岸上游。他喝了好几口水,觉得自己筋疲力尽要沉下去时,突然脚踩到了河底下的石滩,总算到了岸上。老人被救上来了,一点都没有事。但是他看到老人还在对着河水捶胸顿足地喊。袁邦奎一看,原来老人带的那个猪笼里关着一个猪苗子。本来,袁邦奎激流里救上了一个越南老乡的事迹已经够了不起了,至少可以立个三等功。但此时袁邦奎脑子里可能闪过当时很流行的一句话:绝不能让国家和群众的财产受损失。于是他就奋不顾身地再次跳下河,扑向已经被水流带出好远的猪笼。他终于接近了猪笼,但这一下,他已经没有力气游回来,很快被激流卷走,连那猪笼一起都不见了。

岸上有两个越南老乡见证了这一过程。越南老乡不知道这个落水的兵是哪个单位的,不知向哪里报告了。但是整个村庄的人都出动在河上寻找被水冲走的中国士兵,很快,河流下游的村寨知道了这事,也都全部出动加入寻找行动。连队知道了这件事的时候,已经是傍晚。连长赶紧带人到了河边,看见当地的越南百姓都发动起来了。他们打着火把在岸边的芦苇里找人,也有划船顺流而下。河面上的小船星星点点地闪亮,都是在寻找袁邦奎。老朱作为一个资深的战地记者,知道这一事件的政治意义,用摄影机拍摄了越南老乡和我们部队联合寻找袁邦奎的行动场面。我舅舅和他坐着同一条船在河面上寻找、拍摄。

"你们连队出英雄了,袁邦奎的事迹很好,估计部队会用力宣传的。"老朱说。

"我有点想不明白,他在救上了越南老乡之后,为什么还要去捞那个猪笼?你说为了救一头猪而牺牲生命,值得吗?"

"在我们的教育中,财产经常会比生命更加重要。当然,要是我来写袁邦奎的先进事迹,我会不提救猪苗子的事情,突出他救了越南老乡,这样就和罗盛教的故事一样感动人了。"老朱说。

我舅舅不响了,再次陷入沉思。他想的是保尔·柯察金关于人生的那一段话。他无法拿这一段话来解释袁邦奎的牺牲意义。

河面上闪着星光和火炬,越来越多的越南老乡出现在河面上。我舅舅之前从来没见过有这么多的当地居民,袁邦奎救了他们的老人,所以周围几十里村寨的人都闻讯赶来了。搜寻一直在继续,到了深夜传来消息,说在十公里之外的河滩上发现了袁邦奎的尸体。我舅舅回到连队时,袁邦奎的尸体已经运回来了,放在一个草棚里面。听说是在一个水草丛里找到的,已经被鳄鱼吃掉了一半身体。

第二天连队举行了一个悼念仪式,我舅舅看到了躺在棺木里的袁邦奎铁青色的脸,仿佛浮现着古怪的笑意。我舅舅想,袁邦奎总是想着进步,总是想着做好事,现在他终于做出了一件大事情,差不多要成为英雄了。"苏格拉底和猪谁更幸福的问题"再次浮上我舅舅的心间。为什么要去救一头猪而献出自己的生命,生命的意义究竟在哪里?我舅舅心里有一种特别奇怪的空洞。袁邦奎被安葬在烈士墓园,很快,他被确认为烈士,并追认为中国共产党党员。没有多久,有一篇通讯传遍了入越部队全军,称他是"当代的罗盛教"。

写到这里,作为写作者的我忍不住跳出来说说这件事。还在河上搜寻袁邦奎的时候,老朱就肯定了他舍生救人救物的意义。而我舅舅则对他救上了人之后再去救猪的行动持怀疑的态度。事情过了几十年之后,我看到这个问题有了答案。去年我终于来到外苏河,找到我舅舅他们当年战斗的地方时,我发现当地越南老乡都记得袁邦奎舍生救老人救猪笼的事迹。在外苏河边,有一个亭子是当地人为纪念袁邦奎盖的。那个被救起的老人的后代听说中国有人来扫墓,特地跑过来接待我,向我讲述当年袁邦奎的义举,并深深感恩。外苏河中国军人烈士陵园后来得到很好的保护,和袁邦奎埋在这里有很大关系。那些和美国飞机浴血奋战而牺牲的战士事迹已经差不多被遗忘了,只有袁邦奎被当地人牢牢记住。

大概半个月之后,有一天朱复兴找我舅舅。"听着,我要离开这里一阵子了,也许再也不会回来。"老朱对我舅舅说。

"要去哪里?"我舅舅问。

"我要去越南南方。美国人最近在越南南方不断增加兵力,战争在升级。越南胡志明主席向毛主席请求,要我们派一个电影摄制组到越南南方战场第一线去,拍摄一部反映越南南方抗美救国的纪录片。毛主席已经答应了下来,所以军委让八一厂马上组织一个小组,选派技术和思想最过硬的人过去。上级选中了我,要我做好准备,很快就要经过胡志明小道,出发前往越南南方的前线。"

"能带我去吗?"我舅舅说。他觉得血涌上了脑门,心口怦怦跳着。

"你真的想去?"老朱说。

"是的。其实当时我们越境进入越南,想到的就是到越南南方丛林去参加游击队和美国人直接战斗,而不是像现在这样被动地等着美国飞机过来。说实话,我们的地理知识出了问题,以为越南南方和北方没有明确的分界线,以为到了越南北方就可以到南方。没想到越南南北方也是像南北朝鲜一样是两个政权。你的话激起了我要到越南南方去的向往,老朱,带上我吧!"我舅舅慷慨陈词。

"倒是有一点可能性,因为我要携带一整套摄影机器设备,一个人无法搬运,需要一个助手。我可以向指挥部申请一下,让你当我的助手。"老朱说。

"太好了,老朱,你可说话要算数的。"我舅舅跳将起来,没大没小地捶了老朱一拳。

老朱当天就向指挥部写了一份要我舅舅当他助手的报告,电报发过去,第二天就得到了批准。因为朱复兴是当时八一电影制片厂最好的战地摄影记者,在指挥部领导眼里他比一个军长还重要,所以他申请一个助手的要求很快就被批准。与此同时,北京总参空运过来特别的装备:红灯牌半导体收音机,用降落伞布做成的吊床,驻外武官用的丝质军绿色雨衣,两套瑞士进口的宝莱克思(BOLEX)16毫米电影摄影机,三箱民主德国产的阿发克彩色摄影胶片。

出发的前几天我舅舅兴奋难忍,对于连队来说,舅舅的任务是保密的,只是说跟着朱记者到别的防区采访。我舅舅被一件事困扰着,他想着库小媛,想要去和她告别,但和她见面的机会没有了。那个夜里,我舅舅一直在做梦,梦境很奇怪,库小媛在梦里变成了别的人,站在冰冷冰冷的雨水中一直看着他。这是一个很难理解的梦,让他感到很不安。好几次他想直接去医院见一下库小媛,但又觉得太鲁莽,会给她添麻烦。那个时候他就像热锅上的蚂蚁,心里七上八下地不安。

"我说,咱们还缺点什么东西吧?我们得带一些热带丛林防毒虫防疟疾的药品。我们一起去一下野战医院吧。"老朱说。我舅舅愣了一下,突然明白了,老朱知道他在想念库小媛,给他找了一个机会。在前段时间,我舅舅已经把自己对库小媛的好感告诉了老朱。老朱知道我舅舅的心思,他真是个够朋友的人。

他们去了医院,要取一张单子的药品。老朱和护士长看来很熟,之前他来拍过医院的电影。他问库小媛在不在?护士长说她在河边洗病房的床单。老朱让我舅舅过去看库小媛,自己和护士长聊天,一边等着拿药品。

我舅舅沿着树林里的小路走到了河边,远远看见库小媛和一群女兵在河边漂洗着白色的床单,然后把床单晾晒在河边的树木上面。库小媛也远远看见了我舅舅走过来,她有点吃惊,手遮着眼睛搭凉棚看着我舅舅在刺目的日光里走过来。

"我是来向你告别的,明天我要和老朱出发到一个很远的地方去执行任务。"我舅舅说。

"真要走啊?我还以为你会一直在这里呢。"库小媛说。她的眼神一下子黯淡了下去。

"我会回来的,也许用不了很长时间。"我舅舅说。其实他自己也不知什么时候能回来。

"我们还会见面吗?一定会见面的。如果你回来我不在这里了,那么我们在别的地方一定还会见到。"库小媛说。她的语调有点奇怪,让我舅舅想起了昨夜奇怪的梦。

我的舅舅心里一定很难过。他没有流泪,但是额头有汗水挂下来。库小媛掏出手帕给我舅舅,让他擦汗水。我舅舅擦过之后,把手帕还给她时,她用眼神让他留着手帕。我舅舅把手帕放进口袋里,我舅舅闻到这块手帕上有一种特别的香味,那是库小媛的气味。我舅舅在接下来的日子里常常闻着手帕气味想她。接着,我舅舅告别走了。走出一段路,我舅舅回头看着她。她还站在原来的地方,身影像是一座石像。我舅舅想起了民间神话阿诗玛,阿诗玛等待着心爱的人回来,最后变成了石头。

第 七 章

一

当天夜里我舅舅跟着朱复兴就悄悄地出发了,一辆吉普送他们到了河内,那边的使馆武官送他们到机场,飞往柬埔寨首都金边。从金边往东不到一百公里就是和越南南方的边界。越南北方到南方的路切断了,北方的人马和物资都要通过柬埔寨进入南方。那时柬埔寨元首西哈努克和中国关系很好,柬埔寨军方答应护送老朱和我舅舅进入越南南方。飞机一停下,一个穿着绿色卡其布的柬埔寨少校上来迎接,然后他们坐上一辆吉普向东边开去。一忽儿过了一个轮渡,是一条河面宽广的河,柬埔寨军官说这就是湄公河。车子行进了两个小时,进入了柬埔寨东部边境城市柴桢市,汽车在一个写着中文招牌的华侨商铺门口停了下来。少校要抽烟休息购物,让老朱和我舅舅也下车休息一下。这时,从商店里走出一位小伙子,他打量着身穿灰色涤卡便装的老朱和我舅舅,好奇地用中文问我舅舅:"中国人?"我舅舅没想到在异国偏僻的小镇会遇到华侨,可老朱事先告诉他边境地带敌特遍地,不能向陌生人暴露自己的身份,所以装作听不懂对方的话,向一旁走去。可是这青年不死心,还追上问:"Japanese?(日本人?)"我舅舅没有理他,那人没趣地走开了。

少校提了一瓶中国产的红葡萄酒上车,吉普转而向北驶去。傍晚时分,他们到达了柬埔寨边境的一个军营。军营里的司令出来迎接,天气炎热,一个士兵送来一桶冰糕给他们消暑。稍事休息后,柬军少校把吉普开到了界河边。这时夕阳西下,大地一片朦胧。白天还十分宁静的河面在夜幕降临后开始喧闹起来,一艘装着马达的木船咚咚咚地由远处驶近,几艘小木船迎面驶去,船头的舵手不断用手电筒给对面行驶过来的船打信号。

带路的柬埔寨军官在河边响亮地击了几下手掌与对面联络,不一会儿,从对岸划过来一艘木船。船靠岸后,我舅舅他们把行李和器材从吉普上搬到了船舱里。与送行的柬埔寨军官告别之后,小船载着他们逆流而上。天色已经暗了下来,朝对岸望去,刚才还清晰可见的丛林,转眼间已变得黑蒙蒙,但依稀能看见对岸林间时隐时现的灯光。

河面上往来的摩托船越来越多,发动机的声音此起彼伏。船上有的载着游击战士,有的载着货物,开船的年轻人不时和对方船上的熟人打招呼。小船开了半个小时,在黑暗中靠了岸。这里已是越南南方解放军的地盘。迎接他们的越南解放军人员把行李器材搬到岸上一个棚子里,看样子要在这里过夜了。由于语言不通,我舅舅感到陌生,但越南的同志早有准备,杀了一只鸡为他们准备饭食,还帮他们挂起了吊床。我舅舅躺在吊床上辗转反侧,听着远处不时传来的沉闷的炸弹爆炸声,一切是那么陌生而新鲜。不知过了多久,他才迷迷糊糊地睡着了。

一觉醒来太阳升起雾气散尽,南方丛林的晨景实在迷人,树叶青翠野花竞开。早饭之后,老朱和我舅舅在一个建制班的越南南方解放军警卫战士的保护下,进入了一条林中的道路。这条小道看起来十分简陋,但是有无数的分岔和交会,它就是极其著名的"胡志明小道"。它沿着越南老挝柬埔寨边境绵延数千公里,越南的南方解放力量就是靠着这条通道源源不断得到了补给。我舅舅早早就知道有这么一条神奇的路存在,现在终于亲眼看到了。这是一条人们使用各种运输工具在边界上踩踏出来的网状的林间小道,在路上,不时能遇到肩膀上背着沉重箱子的妇女运输队,也遇到了用中国生产的凤凰牌锰钢自行车运送粮食的运输队,还见到一队驮着枪支弹药等重物的大象运输队。这些小道有的路段较宽,有的路段很窄,只能容一人通过。数千公里的小道,由无数的兵站连接起来。之前有一些可以通汽车的路,由于不断遭到轰炸,汽车已经难以通行。路上,不时会遇上一大片巨大的弹坑,坑里面积满了水,形成了水塘。还有的弹坑是新炸出的,新鲜的泥土把道路都覆盖了,人们只能绕着走。还有一段沼泽路,道路由树枝铺成,走在上面不停地颤动,有一种软软的舒适感。

太阳升起来之后不久,有几架直升机从上空飞过,队伍迅速避入了密林小道。这里是另外一番景象了,树冠浓密,不见天日。路边有时是高大的竹林,有时是灌木丛。遇到岔路时,领队的战士都要停下来仔细观察暗号,再确定走向。翻译告诉老朱和我舅舅,美伪军经常派别动队到这一地区侦察,还在丛林里设下了红外线探测器。交通员发现情况后,会立即在岔道上做出暗号。暗号是用树枝排列出来的,敌人看不出来,而自己的人一看就会知道哪一条路有危险,会选择走安全的路。

中午时分到了林中一个兵站。在这里小分队吃了饭,略作休息。下午三点钟,队伍又出发了。这时我舅舅发现队伍里多出了个十七八岁的越南女兵。她身着黑色的紧身短上衣,颈间一条方格围巾,下着宽腿黑裤,背着一包物品和一支卡宾枪。翻译告诉说,她是兵站的女交通员,是专门来为小分队带路的。走了约三个小时,要过一条河,翻译说这就是西贡河。女交通员领着大家下到了河岸,河不太宽,约四五十米,水却很深。我舅舅看不到河上有船,却看到女交通员的脚踩在河水里,左右上下摇动。我舅舅看到女交通员摇动的脚下慢慢浮出了一只船,最后她猛蹬了一下,小船完全浮出了水面,而且船里面的水都晃了出来。队伍开始渡河,每船渡六七个人,船一靠岸上面的人就快速离开进入树林。远处有飞机在转,还不时地发射火箭弹。老朱上岸后,立即拿出摄影机开始拍摄后面人员过河的场面。翻译催促赶紧走,因为敌机马上要过来。果然,队伍走出不远,刚才渡河的地方就传来猛烈的炮弹爆炸声,显然敌人已经发现有人过河开始封锁这条河了。

1944年,还没双目失明的阿根廷人路易斯·博尔赫斯在《交叉小径的花园》里写下了下面一段文字:我在英国的树荫之下,思索着这个失去的迷宫。我想象它没有遭到破坏,而是完整无损地坐落在一座山的神秘的山巅;我想象它是埋在南方的稻田里或沉入了水底下;我想象它是无限的,并非用八角亭和曲折的小径构成的,而就是河流、州县、国家……我想着一个迷宫中的迷宫,想着一个曲曲折折、千变万化的不断地增大的迷宫,它包含着过去和未来,甚至以某种方式囊括了星辰。

现在我读这段文字,惊讶地看到了博尔赫斯这段文字准确地对二十年后出现的胡志明小道做了预示。在博尔赫斯的时空维度之下,我们所看到的胡志明小道的确就是一个不断变化着的迷宫。而此时,我舅舅就是行走在这一个迷宫之中。他在十来天的胡志明小道行军中,就像是在做着一个梦魇,那些被化学落叶剂催落了树叶的光秃秃的树林,存在于梦境里的冬天。B-52在头顶上轰鸣,地毯式炸毁了一条路之后,马上会有新的小路根须一样长出来。他走过了一段段被烧成焦炭的树林区,那是美军害怕越共袭击公路,用凝固汽油弹烧出来的隔离带。但就在几公里之外,湄公河边是无尽的金灿灿的稻田,凡是炸弹炸不到的地方景色都是极其美丽。

就这样,我舅舅大踏步地行走在胡志明小道上,这正是他还在北京的时候所梦想的事情,现在得以实现了。他的行走之梦大概来源于传说中的红军两万五千里长征,他的父亲参加了长征,给他留下了遗传的信息。他的行走起步于红卫兵大串联,他偷越国境来到河内加入了高炮部队,不过他才走出两百多公里,总觉得和他参加世界革命的梦想不大符合。只有当他坐飞机离开河内,持护照进入了柬埔寨之后的一系列经历,才让他感觉到自己已经真正进入了世界革命的舞台。如果说,摄影师朱复兴到越南南方是在执行一个国家的任务,而我舅舅所执行的则是他个人生命和理想的一次重要使命。

在我写到这段文字时,我注意到了几乎是差不多的时间里,切·格瓦拉乔装打扮进入了玻利维亚,开始在玻利维亚高原山地游击活动。一年多之前,切·格瓦拉访问过北京,和毛主席、周恩来见过面,我国的新闻都报道过。不过当时切·格瓦拉不像现在那样有名,他的到访并没有引起我舅舅的注意。几十年之后我把他们的事情放在一起来观照,我舅舅现在走在胡志明小道上,脚上打起了好几个水泡,而格瓦拉正在玻利维亚的高海拔山地寻找充饥的玉米,他的日记里记下这一天做了貘肉饭,同时哮喘病发作。他们两个人的行走时间重合只是偶然,但他们的精神世界中的确有一种十分相似的东西。格瓦拉最后变成了神话级别的人物,正是这一段玻利维亚的山地之旅,成了他结束英雄一生的庄严仪式。而对于我舅舅来说,沿着胡志明小道进入越南南方的这一次旅程,也同样是非常重要的。没有胡志明小道这一次行走,按眼下流行的话来说,我舅舅的人生完成度是不够的。

在路上走了十天,老朱和我舅舅终于到达了D战区。这里是西贡的东北角几十公里处,挨着南中国海。越南解放军这么着急地把老朱和我舅舅接过来是要他们来拍摄越南民族解放阵线的一次高级军事会议。在巨大的森林一片开阔的林地里,布置了兵力强大的首都警卫师,他们都是骑自行车的,在丛林这是先进的交通工具。越南的同志说他们的领袖阮友寿要接见中国的同志。我舅舅知道越南北方主席是胡志明,南方的主席是阮友寿。

一个警卫员带着老朱和我舅舅来到一道木栅门前。透过木栅,可以看见一条槭树成荫的道路,边上有一些凉棚之类的房子。在这些房子的深处,有一盏灯笼逐渐移近。这盏灯笼在树干之间忽而放光,忽而消失。这是盏纸做的灯笼,形状像鼓,色彩像圆月,一个高身材的人提着它,我舅舅看不见他的脸,因为灯光使他的眼睛发花。来的人开了木栅门,用略显生硬的中国话慢慢地说:"我是阮友寿。欢迎你们光临寒舍。"

老朱和我舅舅进入了阮友寿的草房,看到了木头搭成的桌子上满是东方和西方的书籍。我舅舅认出了一些红色封面的大本子是毛主席写的书,上面还压着一副眼镜。旁边挂着一副吊床。有一盏油灯点着照明,阮友寿微笑地观察着客人,他个子不高,脸上有深刻的皱纹,灰色的眼睛,灰色的胡子。他身上既有僧侣的模样,也有学者的那种气概。他当年是西贡一名很有名望的律师,因为和西贡政权政见不同被捕入狱。后来,地下党决定劫狱营救他。打开牢房时,他正在那里埋头读书,全然不知发生什么情况。叫他马上逃跑,他还在发愣,营救人员把他背起来跑出了监狱。

"这次你们赶巧了,赶上了真实的会议,你们要拍下会议,带回去给毛主席看看。以前出于迷惑敌人的原因,经常发消息说开了党的大会,其实根本就没有开会,结果中国方面都觉得我们开大会事先没通气。"阮友寿幽默地说。就在不久前,毛主席刚刚给他写过一封公开的贺电,"七亿中国人民是越南人民的坚强后盾,辽阔的中国领土是越南人民可靠的后方"正是毛主席这封贺电里的话。

"全世界的战地记者都挤着往西贡,在西贡有记者中心。但是他们看不到我们的,也不宣传我们。只有你们才可以把我们的胜利和战斗生活传递出去。"阮友寿说。他们正在准备搞一个大的战役,希望我舅舅他们拍一个完整的电影向全世界宣传。

按照计划,老朱和我舅舅最近一段时间要拍摄南方解放军的部队战斗生活。他住到了一个叫九工地的军营里,这一带密林里驻扎着D战区一团的军队。这个丛林里有一条小河,排着简单的草屋子。除了翻译文创,还有个不会说中文的越南摄影师迪风和他们住在一起。他留着遮住眼睛的头发,眼睛看起来深邃,有点阴森,像个杀手。他有一个特别的故事,上个月他去拍一辆被击毁的敌军坦克车,打开坦克盖子,里面一个美军还活着,迪风拔出枪把敌人打死了。

"在丛林,你必须要活下去。你不开枪打死敌人,敌人就要打死你。你是一个摄影师,同时也必须是一个战士。"迪风说。他好像在为自己开枪打死敌人一事做解释,因为有种说法,记者是不能参加战斗的。

"你们会打枪吗?"迪风问。

"会,我们都是军人。"老朱说。

"我以前只会操作照相机,觉得记者手里的武器就是照相机摄影机,所以也没有去练习射击,只是带着一支手枪装样子。没想到我第一次开枪就打死了一个美国兵。"

"当时你觉得害怕吗?美国兵挨了枪的表情是什么样子的?"老朱问。

"我一枪打在他的脑门上,起初看起来是一个洞,然后血就冒了出来。那个美国兵不能动了,眼睛死死地盯住我,张着嘴巴喘着气。我以为人挨了枪会马上死掉,但不是这样,他老死不掉。我只好对着他的头又开了两枪。这一个过程太难受了。"

我舅舅和老朱在这里安下了家。迪风让越南的同志给他们换了装,因为之前他们的衣着一眼就能看出不是越南人。他们领到一套越南黑色的棉布军服和一套便装,装备简便了很多,只留下摄影器材和每人一支五六式手枪。他们还得到了一盏小油灯,是一个小玻璃瓶做的,瓶盖上用卡宾枪子弹头做了灯头,用布条做捻子,里面装了煤油。平时用铁环吊在腰间,夜里行军时点灯照明,用几张宽厚的树叶垫着拿在手里,树叶挡住了灯光刺眼,只照前方,又隔了热。我舅舅很喜欢这个小灯。

老朱和我舅舅住的房子对面,隔着一条清澈的小河,有一排用树叶搭成的房子,这里是女兵的家。青芒果树下,一个个青芒果沉甸甸地垂在枝头,我舅舅经常看到一个穿黑衣围着方格围巾的女兵给一个婴儿喂奶。棚子边用树枝扎成的篱笆圈中养着两头猪,林中还养了一群鸡。过了几天,对面住的女兵和老朱、我舅舅隔河相望,都有点熟悉了,会挥手打招呼。

我舅舅在早晨太阳还没升起的时候,感觉到对岸的女兵房子里已有响动。我舅舅隔着窗子往那边看(有点偷看的意思),看到河上划来了一条船,从屋里走出五六个女兵,她们都穿了老百姓的衣服,戴着斗笠,挎着一个篮子走到河边去。我舅舅看到那个给孩子喂奶的女兵也出来了,手里还抱着孩子。登上船之前,她把孩子交给了站在岸上的另一个还穿着军装的女兵,然后她上了船。船很快沿着河流划走了。

我舅舅发现迪风也隔着窗望着河对岸的动静。我舅舅已经知道迪风正暗恋着对面的女兵中的一个,看他的眼神显得很忧郁的样子。迪风对老朱和我舅舅说,她们在执行一个任务,正在运送炸药进入西贡市。这个任务目前是高度保密的,但领导说可以让中国同志知道这件事情。

迪风说,部队正在筹备一次炸毁西贡美国军官宿舍楼的行动,需要炸药的量达到四百公斤。这么多的炸药要运进西贡市内是个难题,所以部队选了一批漂亮的女兵来执行这个任务。她们化装成平民,每次把几公斤炸药放在装着生活用品的篮子底下带进西贡,路上要经过很多道关卡检查,是非常危险的任务。迪风说那个带孩子的女兵叫阮氏梅,她的丈夫在孩子出生之前牺牲了。她前些天带着一只底下装了黄色炸药的水果篮子,在西贡的市郊上了公共汽车,坐在一个伪军中尉的旁边,一路和他攀谈。伪军中尉被她的美貌和风度迷住,到检查站时,阿梅问他能不能帮她提一下篮子,那军官毫不迟疑地提了篮子跟在她后边,过了检查站。迪风说,到目前为止,女兵运送炸药都顺利。但是目前任务还在进行,只要有一次出错,惊动了美军,任务就可能失败。她们每一次进城都是冒着生命危险的。

因此,我舅舅每次看到女兵的木船划出来,他的心就悬在那里,总是怕她们会出事情。不过,每个傍晚,总听到对岸的女兵传来欢歌笑语,还有那个婴儿银铃一样的笑声,说明她们都顺利地归来了。有一个傍晚,我舅舅和老朱下河洗澡,在潮湿闷热的丛林里采访了一天,现在跳入清澈凉快的溪水中,感觉真是惬意极了。这个时候,他们看到了对面房子里的几个女兵也走下河来。我舅舅和老朱都不好意思,往树丛里躲。她们倒是毫不介意,直接走到了河的深处。她们头发解开了,长发披肩,在水里嬉闹,相互泼水,身上都还穿着黑色的衣裤。我舅舅有点纳闷,她们下河干吗?是洗澡吗?洗澡怎么穿着长衣服呢?她们在水里嬉戏了一阵,开始往身上擦肥皂,有的给自己擦,也有相互擦,身上和衣服上全是白色的泡沫。她们把头沉到水下洗头发,长长的头发在水里像一朵黑色的花一样浮起来。也有的站在水深处,以水当镜子仔细清洗自己的脸孔。当她们从水里站起来时,水湿了的薄衣服紧贴着肌肤,突显出了丰满的胸脯。在朦胧的黄昏中,她们显得那么美丽。她们将满身白色的肥皂泡沫搓过之后,沉入了水中漂洗。这个时候我舅舅明白了,这是越南南方丛林女兵的一种独创的洗澡方法,既洗了身体又洗了衣服,还不用避开男人。她们在河里洗好之后,上了岸,在树枝上拉起了一条方格围巾,遮住中段,脱去湿衣服,换上了干衣服。湿衣服就挂在树枝上晾干。

几天之后一个傍晚,当那艘载走女兵的小船回来的时候,早上出发的女兵有两个没回来。那个晚上我舅舅能感觉到悲伤和沉重的气氛笼罩着河对面的房子,有好几个部队的领导来到了女兵的屋子。迪风去了对面的房子,他回来时眼圈发红,说有两个女兵在执行任务时牺牲了,但那个计划今天已经成功执行,四百公斤的炸药全炸了。老朱在晚上收听短波节目,听到北京中央人民广播电台播出的新闻,根据路透社的消息,西贡一座美军军官宿舍发生了大爆炸,七层楼的四层以下全部炸毁,炸死美军军官六十三人,其中上校三人,炸伤上百人,炸毁二十多辆汽车。电台消息没有提到越南南方解放军的伤亡。我舅舅知道至少有两个女兵在这次行动里牺牲了,其中一个是迪风爱恋着的人。

这一天领导安排老朱和我舅舅到河对面的女兵住处采访。过了河之后,女兵们都站在门口迎接。早先隔着河岸,她们都和中国来的客人相望熟悉了。老朱看到了那个还在吃奶的孩子向他招手,他忍不住过去抱起了这个孩子,孩子乖巧地依偎在他的肩头,一点都不认生。老朱让我舅舅拿起相机,拍下了他抱着孩子的照片。这一下,他可对这个孩子产生了挂念之情,他知道这孩子的父亲牺牲了,所以对孩子更有了一种父亲一样的怜爱之情。女兵中走来孩子的母亲阿梅,接过了孩子，深情地看了老朱一眼。老朱只觉得心都酥了，莫名地感动。我舅舅认识了一个叫小仙的女孩子，她是从西贡来的，是个华侨。老朱问她是怎么过来的，她说家里有几本进步的书籍，警察发现后把她的爸爸抓走了，她逃了出来，和朋友到了D战区根据地。

在这一次采访中，让我舅舅印象最深的是越南女兵一个个都是那样注意仪容，精心梳理过的头发，每一根青丝都发亮。她们用一根线绞眉毛，把眉毛修得像一弯月亮，在时刻面对死亡的战争时期，她们保持了从容和优雅。那以后，老朱和我舅舅和这些女兵熟了，小仙经常会过河看我舅舅，给他送来一些好吃的。我舅舅出发去参加伏击战之前，她送了我舅舅一包茶叶，让他在路上喝。

二

老朱和我舅舅一直等待着拍摄一场大的战斗，这个机会终于来了。一团接到了一个绝密的情报，说美军一支运输队将在两天后经过十三号公路，从禄宁运送军用物资到汉管。南方解放军司令部下令一团进行伏击，要吃掉这一支车队。

午饭后，下起了大雨。全团从宿营地轻装出发，沿着林间小路冒雨行进，丛林里一片白茫茫，除了脚踩泥地发出的吱吱声，没有听到别的声音。平时行军走一个小时会休息一次，今天却一直走到下午五点钟,才原地待命休息。整个部队严肃安静,有一种大战即将来临的紧张气氛。

阴雨天黑得很早,林中暗下来之后,部队沿着十三号公路向汉管方向移动。到达了公路边,队伍按照预定计划部署,一二三营由北向南沿公路一字排开,延伸几公里远。团指挥部设在队伍中间,老朱和我舅舅的摄影分队和团指挥部一起。各营到达了指定位置后就开始修筑掩体工事进行隐蔽。团部的工兵为老朱和我舅舅专门挖了一个单兵掩体。一切安排妥当之后,部队进入了完全静止状态,等待着敌人车队出现。

大约在后半夜,路上隐约有些动静。翻译低声说,这是敌人的先头侦察小组,在查看路边情况。他们经过时,一团的伏击部队躲在伪装好的掩体内一动不动,美军的侦察队对着路边觉得可疑的目标胡乱射击了一阵,见不到反应,又往前走。又过了些时候,黎明慢慢到来,几架直升机轰隆隆飞来,朝公路两侧的丛林扫射。

这是美军大部队来临的前兆,伏击的南方解放军来了精神。美军直升机过后,一长列的车队开了过来。领头的是一辆装甲车,车上的机枪不停地向两边的树林扫射,子弹从伏击部队头上呼啸而过。等大部分车辆进入了埋伏圈之后,团长举起信号枪发出进攻的命令,埋在公路上的地雷爆炸,迫击炮开始发射,在公路边等候多时的战士们一跃而起,冲向敌人的车队,用手榴弹和轻武器各自为战,见敌人就打死。一时间,公路上硝烟弥漫杀声四起,美国车队完全给打蒙了。

老朱喊我舅舅准备跳出掩体冲到公路上拍摄,但是被迪风制止住,他考虑到中国摄影记者的安全问题,要等敌人差不多被消灭了的时候再让他们拍摄。因此,老朱就用长焦距拍了一些全景。又过了几分钟,迪风跃出掩体,要他们跟着他冲出去。冲到了公路上,只见美国的车队乱成一片,好多被击毁的车辆在燃烧。车子边上有很多美军和伪军的尸体,看来是他们跳下车之后被击毙的。还有零星的枪声,一些敌军躲在车子底下还在抵抗。老朱边走边拍,一个长长的移动镜头拍下了所见的一切。迪风向他们跑来,示意他们赶快往公路对面的树林里跑。我舅舅看到公路对面已经有一大群战士飞快地跑进了丛林里面。老朱跑了几步,还想回头拍下点什么,迪风冲他大喊:不要停留,赶快跑!这个时候,我舅舅看到了敌人的增援飞机已经俯冲下来,开始轰炸扫射公路上的伏击部队。敌军火力非常猛烈,如不撤退会伤亡很重。

冲过了公路的一团伏击部队不分建制,能跑多快就跑多快,因为敌人的地毯式炮火正在跟着他们。他们跑了一公里远才停了下来,此时他们身后的公路和树林被敌机狂轰滥炸。越南南方解放军的指挥员深知美国人的战术,他们在遇到越共大部队时会迅速调遣空中打击力量,通常在十五分钟之后,空中支援就会到来。所以伏击战斗要速战速决,不能恋战,否则得到的战果就会被炸没了。美军飞机一波波过来轰炸,一团的战斗人员在运动中又慢慢集结了起来,兜了一个大圈子回到了原来的驻地,丛林里的轰炸声一直持续不停,越来越猛烈。

第二天一早,部队派出一批体力较好的战士,组成侦察分队,回到伏击现场去寻找牺牲的战士,掩埋遗体,顺便了解敌人的损失情况。老朱要求跟着去拍摄,获得上级批准。他们跟着队伍沿着昨天走过的小路向十三号公路走去。天开始下起雨。快到公路时,遇上了几个南越解放军在掩埋战友的遗体,有几具遗体刚运过来,还没掩埋。他们的血水流到了地上,把地面染红了。这时又听到有一队直升机轰轰隆隆飞过来停在公路上,紧接着又是一阵激烈的枪声。老朱和我舅舅不能前进了,在原地等了一会儿。雨下得越来越大,警卫班的人对老朱说,看来不能拍了,敌人还在那里,加上雨这么大。老朱还不死心,说只要能回到公路上,下雨也能拍,来一次不容易。正当他们焦急等待之际,前面的侦察班回来了,说刚才他们和敌人交火了,说敌人的直升机和步兵都还在公路上,也是来打扫战场的。老朱判断情况不好,不能在此久留,就冒雨原路回到了营地。

天快黑时,美军侦察机飞临部队驻地上空盘旋了一阵。紧接着来了F-105打了几梭子子弹扔了几个炸弹,部队都进入了掩体内。之后平静了一阵子。天黑之后,美军飞机又来了,看来他们对这一个地区有了特别的兴趣,扔了好多照明弹,把森林照得通亮。借着亮光,美国飞机开始了轮番的轰炸和扫射。老朱问迪风下一步的行动,迪风说现在情况不明,不能盲目行动,只能在原地待命。南方的解放军适应了严酷的战争环境,只要炸弹不落到头上,就必须抓紧时间睡觉休息。

我舅舅和老朱背着背包遮着雨布坐在树下。这一夜,美军飞机的扫射和轰炸没有停止,一直在持续。美军肯定被打痛了,因此才有这样的反应。美国人一直在寻找越南南方解放军的主力,现在已经找到了踪迹。侦察兵回来报告,美军空降了两个突击队,更大范围的军事调集也已经开始了。

这一夜,我的舅舅听到低沉的大炮一直在不停轰响,他心里有一种不祥的感觉。

三

十三号公路埋伏战,揭开了血腥的胡志明小道保卫战序幕。

这一次的埋伏战击毁敌人几十辆车辆,缴获了一批军火物资,打死了十五个美国兵几十个南越伪军。但另一方面却暴露了越南南方解放军主力部队的位置。这一年,约翰森重用好战的威斯特摩兰将军,在越南的军队达到五十多万,他们的目标就是剿杀越南南方解放军,一直在寻找他们的目标。但是越南的丛林则是一块巨大无边的绿色橡胶板,越南南方解放军像水在海绵里一样。美军运用大量的传感器、侦察机、间谍特务、空降别动队在寻找越南南方解放军,而这一次,他们发现D战区一带有大量的军队集结着。

在伏击战取得胜利之后,通常都会举行庆功会表彰,但是这一次却什么都没有做。那隆隆炮声停了,丛林显得特别安静,只有天上不时飞来各种各样的侦察机,不紧不慢绕着圈子。越南南方解放军也有自己可靠的情报网,能获得敌方最机密的情报。各种迹象和情报都显示,美军已经对D战区产生了高度注意,大规模的扫荡就要开始。而第一步很可能就是用B-52飞机进行毁灭性的轰炸。因此,解放军总部指示,要所有的主力部队进行战略转移,到靠近老挝边境的大南山一带去驻扎。

D战区是一个重要的军事组织,除了战斗部队,要转移的还有后勤附属机构、家属队的妇女、孩子甚至家禽等。第二天转移就开始了,我舅舅和老朱跟着一团在前面开路。他们的行军方式很特别,上千人成队列前进,侧面遇敌时,转过身来就是一道对敌人的包围圈。当他们大步在路上走的时候,看见了天上有黑压压的机群,那声音带着一种特别的金属味道,全是B-52型轰炸机,一个编队有三到四架。越南南方解放军对于B-52飞机并不在乎,因为它们是根据预定的目标执行任务,不会对临时发现的目标进行轰炸。我舅舅登上了一个高地,开始听到身后传来地动山摇的轰炸声。他看见那些炸弹落地之后，出现的是鸡蛋打在开水锅里的样子，在气雾中，中央部分呈现出蛋黄色的圆，圆的四周泛起蛋白色的烟，地面如水果冻一样颤动着。我舅舅看到D战区驻扎过的方圆几公里被B-52轮番作业，彻底变成了焦土。我舅舅庆幸指挥员的准确判断，要不然整个军队都要葬身火海了。

　　队伍要通过一段开阔地，再通过一条小河。雨水哗哗而下的森林里，上千人的部队小心翼翼一步步向前。山在燃烧，飞来的鸟群像是烧焦的纸灰。我舅舅看见之前河对面住的女兵也在里面，那个孩子背在阿梅的背上，靠着肩头熟睡了。有直升机的声音响起，很快天边有两架直升机飞了过来。部队迅速进行了隐蔽，但是直升机上的美军好像发现了什么，开始在头顶上盘旋。当飞机擦着树梢从左前方飞来时，只见一个美国兵提着机枪向下张望。老朱举着摄影机想要拍摄，飞机被树梢挡住了。这时迪风冲过来喊：敌人发现我们了，快隐蔽！这一带基本是开阔地，没有大树，没有土沟，没有可隐身之处。我舅舅和老朱看见附近有一个两米多高的白蚁巢，就躲在后面和敌人捉迷藏。直升机从东边飞来，他们就躲到西边，直升机转回来，又躲到了东边。直升机扫射了一阵子之后，在不远处一片开阔地降落下来。团长派了三营去阻击敌人。迪风对老朱和我舅舅说，把子弹顶上原地躺着不动，随时准备战斗，保护好自己。说着迪风带着摄影机自己上去拍摄战斗了。我舅舅和老朱身边有一个班的警卫战士，大家都高度警惕,举着子弹上膛的冲锋枪注视周围,随时准备投入战斗。这个时候天色已经暗了下来,丛林里朦胧一片,有利于解放军隐蔽。不远处开始交火了,传来猛烈的枪声。

过了一刻钟,通信员来传达迪风的话,要他们立即转向四号营地。四号营地靠着西贡河边,有一大片的丛林。他们跟着通信员走了四十多分钟,来到了四号营地。大部队在这里宿营。这时敌人大炮开始向他们刚才休息的地方猛烈开火。爆炸声非常响亮,是 230 毫米的超大口径自行火炮。显然,刚才遇到的直升机是敌人的巡逻队,是他们调来了上百吨的炮弹。这一夜炮火不停,我舅舅整夜难眠。他突然又想起了作诗,于是在笔记本上写下了一首诗篇。当然,从我今天的眼光看,他的诗没什么进步。

越南的山啊越南的水,
山山水水分外亲,
援越抗美离祖国,
迢迢千里来越南,
这山多像故乡的山,
这水啊,和家乡的水一样甜,
可是,为什么肥田沃土无人种,
为什么锦绣山河尽硝烟,
是美国狗强盗,杀人不眨眼,
魔鬼的嚣声笼罩这天空,

炸弹火焰毁灭了秀丽的河山。

整夜的大雨,淋湿了吊床,我舅舅一夜不能睡,如屋顶被秋风吹跑的杜甫作了一夜的诗。早上天刚亮,部队就出发了。这时雨还在下着,雨声太大,以致听不到炮声和飞机的声音。我舅舅的胃很不舒服,头也开始痛了。但是行军的速度一点没减,他在咬牙跟上队伍。到上午十点钟,部队终于停下休息,雨也小了一点。空中出现了几架F-105飞机,显然敌机是有目标的,已经在跟踪着部队,俯冲下来攻击,机枪扫射,发射火箭弹。

我舅舅和老朱觉得这个场面很好,开始了拍摄。但是由于耳朵里全是喷气机的巨响和机枪扫射声,以致没有听到敌人的直升机又飞到了头顶。当我舅舅抬起头看见直升机时,和上面坐在舱门边的一个美国黑人居然有一个目光的对视。双方举枪瞄准都已来不及,美国兵竖起中指对他做了个手势,我舅舅看不懂意思,赶紧躲到一棵树后面。美国兵的机枪转过来对着他哒哒扫射,我舅舅幸好在死角上,没被扫到。火箭弹在树林里四处爆炸,好些战士负伤倒下了。突然之间,敌机就在附近降落着地,和越南解放军接上火。我舅舅猛然看见树林后出现了一个美国兵,他知道这下自己一定要开枪了。但这个时候警卫班的战士猛烈开火,在我舅舅开枪之前就撂倒了这个美国兵,然后一把拉住我舅舅和老朱快跑。我舅舅跑得太急,把最近拍的几盘电影胶片给弄丢了,这个时候也顾不得了。跑出了一段距离之后,进入了二营的阵地中。二营已经布下了阵地,挖好工事,和敌人正面开始了战斗。这一天,是老朱和我舅舅拍下战斗场面最多的一次,作为一个战地记者,老朱知道这对他是一个伟大的日子。他在接下来的时间和我舅舅一直不停地拍摄着部队从备战到进攻防守,差不多一整天都没吃饭。到黄昏时肚子饿扁了,才拿出腰间的饭团吃几口。一个战士又过来传达命令。敌人在这里空降了大批的兵力,不能久留,赶快转移。

天已经漆黑,林中看不清道路。我舅舅和老朱不能点灯照明,也辨不清方向,只能凭着感觉跟着部队蒙着头瞎走。丛林里满是树丛和乱石,不断遇到倒伏的树干和各种树藤挡住去路。走了近半个小时,我舅舅以为走出很远,仔细一看,好像又转回原先休息的地方。周围敌情不明,也不知部队走到哪里去了。心里正着急,突然看到迪风带着人来找他们。老朱和我舅舅见了迪风像是见到了救星,一颗提着的心终于放了下来。

跟着迪风走了一个多小时,终于找到了部队的宿营地。这里已有挖好的防空掩体,我舅舅和老朱累得一点力气也没有了,倒头便睡。周围枪炮声还是不断,空中不时有飞机飞过,还投下照明弹,把树林照得如同白昼,整整一宿美军的活动没有停过。天亮的时候,迪风告诉老朱,说昨夜里又消灭了四十多个敌军,其中有两个是美国兵,尸体在我们手里。

听到这个消息,老朱立即来了劲头,向迪风提出要求去拍一下美国兵的尸体,因为他一直还没有近距离拍摄过美国兵的尸体。迪风同意了,马上做了安排。

老朱和我舅舅马上出发了。路上遇到了几个扛着战利品的战士往回走。又走了半个小时,来到一处茂密的丛林里,侦察兵找到了藏在树丛里的两具美军尸体。一个二十来岁,身材魁梧,头发理得很短,身上穿着迷彩军服,腹部和腿部受了重伤,脸还很完整。他仰卧在杂草和树叶中,像是睡着了一样安宁。还有一个美军士兵的脸被打烂了,看不清面容,很可怕。老朱把这两具尸体都拍摄了下来。

部队一直且战且退。到了最后,部队发现已经被逼上了大南山高地,美军围住了他们。

四

现在,著名的大南山高地争夺战就要发生了。四十多年之后,我在一部美国记者联盟出品的越战高清纪录片里看到了大南山之战的全过程。所有的画面都是当年美国的战地记者拍下的真实镜头。

这部片一开始就由一个美国合众国际社战地记者乔·加洛尔讲述了大南山战斗。他说自己在1966年到达越南后,虽然战斗在日益升级,但是作为战地记者他一直都没拍到一次和越共正规军的大规模战斗。直到有一天,他获得一个消息,说一群约两百人的越共军队正进入阿肖谷一带,美军海军陆战队第五旅正在整合一支四百五十人的别动队前往剿灭。乔·加洛尔立即要求参加这次行动。

他说,一开始就遇到了一个问题。因为在阿肖谷地区目前可以降落直升机的只有一块篮球场那么大的地方,一次只能停两架直升机。每一架直升机一次只能运载六个士兵,所以按这样的速度得花两个小时才能把所有的四百人送到。而这样,先头到达的士兵则会被数量众多的越共士兵当成活靶子。所以美军指挥部采取了用炮火轰炸,炸出了一个比较大的空地。动用了几十门大型榴弹炮和几十架飞机对原来的空地投弹。当轰炸任务即将完成时,运载士兵的直升机就迅速抵达,前后相差只有几秒钟。这样,他们在很短的时间内把四百五十名海军陆战队员送到了战斗位置。

当他们布好了阵地,却没有发现有越共军队在行动。直到下午,侦察兵活捉了一个越共的侦察兵。经过拷打审讯,这个小个子的越共士兵说附近埋伏着的越共军队不是四百人,而是一支有一千六百多人的主力部队 D 战区第一团。这个消息让美国人的汗毛都竖了起来。很快天就黑了,在四周的山谷里开始响起一些奇怪的叫声,不是动物,是人的叫声。美国人听不懂这些声音的意思,但是知道这是越共士兵的叫声,在告诉美国人他们的存在,正要杀死他们。越共这种心理战术起了作用,美国兵被恐惧笼罩着。半夜里,一对对熟悉地形的越共特工偷偷摸进了美军阵地,哨兵被割喉,好几个班受到袭击,死伤了几十个。而美军不知目标在哪里,只能胡乱射击。

天亮之后,战斗打响了。越共主动开始了进攻。他们知道美军的空中轰炸厉害,所以采取的战术就是和美军纠缠在一起,打穿插。乔·加洛尔说他所在的阵地很快就被攻破了。指挥官萨姆受了重伤,接替的威林顿不到一个小时也被射杀了。C连被攻陷,溃败的士兵往D连跑,成队的越共士兵冲了过来,近距离地对打。乔·加洛尔说当时自己趴在地上,只能装死,看着越共士兵从身边跑过去,很快阵地就失守了。他听到指挥官在向空中发出"断箭"(BrokenArrow)的代码。这一个代码意味着一个美军的战斗单位遇到了极其危险的状况,可能被打败甚至完全被消灭,所有在附近的飞机都要马上飞过来投弹射击,炸毁一切。乔·加洛尔看到指挥官发出了这样的指令觉得自己很可能会被自己人的飞机炸死了,果然,他看到好多架飞机飞来了,向下面投弹。指挥官向还活着的士兵叫喊:当心凝固汽油弹,这可不是好玩的! 同时又呼叫飞机注意辨别目标。这个时候有一颗凝固汽油弹落了下来,一个美国工兵来不及躲闪,被凝固汽油溅了一身。乔·加洛尔说自己看到这个美国兵在熊熊的火焰中跳舞一样闪动。他们赶紧用毛毯裹住了这个工兵灭了火,但是工兵已经被烧得一半熟了。乔抓到他的手时,手上被烤熟的肉自然脱落,露出了里面的骨头。这个士兵后来被运到了野战医院,两天之后,他死了,乔·加洛尔准确地说出了他的名字,他叫斯蒂文森,是科罗拉多州的一个农民,一个月前他的妻子刚生下一个小女孩。

影片里有一个战斗地形示意图。在大南山的阵地上,美军是在中间的位置,用蓝色的闪光点表示,在对面一圈的山地上,闪烁着红色的光点,这些都是越共的军队,很明显,越共军队的数量是比较多的。这样,美军的做法就是开始了大规模的空中轰炸。

接下来的几分钟画面,都是在美军飞机上往地面拍下的场面。那些凝固汽油弹像一个两头尖的纺锤,在空中翻滚着,落地之后迸发升腾起火焰,这样的火焰有两千度,可以熔化钢铁。当我看着这样的画面,心里有说不出的难受。我知道我的舅舅和老朱就在这个火海之中,他们正在这人间炼狱中受难。时间是个奇怪的东西,虽然已经过去了四十多年,但我相信发生过的事情会在一个时间维度里永远存在。前些日子有个美国电影《星际穿越》,里面讲到一个人在太阳系外的一个时间的缝隙里看到了自己的过去,还和当时还小的女儿有了信号互动。我想我舅舅说不定也会在某个时间维度里看着我和这个燃烧画面呢。

大南山之战一直打了四十多天,越南南方解放军伤亡超过一万人,美军死了一千六百多人。美军最终获得了表面的胜利。由于825高地上反复争夺,美国士兵死得最多,胜利之时,一个美国兵用刺刀扎了一个纸板在烧焦的树上,上面写着"汉堡高地",意思是这里是一个人肉堆成的高地。这个名称成了美国人反对战争的一个重要词汇。

战斗的尽头是白色的墓碑,把新逝者的名字刻上,还有那阴沉的铭文:"这里躺着一个傻瓜,他曾想夺取东方。"

五

我舅舅跟着老朱在大南山阵地一直坚持了近一个月。真不知道这一段时间他们是怎么坚持下来的,经受了多少危险和苦难。当时,一团经过血战,有一大半人员已经伤亡。老朱和我舅舅在越南同志的保护下,没有受伤,但是都生了丛林病疟疾,打了摆子。治疟疾的奎宁没有了,他们整天都在吐,吃不下东西,很快就瘦得皮包骨了。

"我说小赵啊,这回我们可能真的遇到麻烦事了。要是敌人发现了我们的这个地方,包围过来清剿,我们怕是无法跑动难以逃脱了。"老朱说。

"敌人要是发现了我们,我们就和他们拼了。我的手枪上满了子弹,准备最后的战斗。毛主席说:人固有一死,或轻于鸿毛或重于泰山,我们为了越南人民而死,就是死得其所。"我舅舅说。

"你有这样的想法很好。人就要不怕死,这样才不会死。我以前也遇到过很多次非常危险的时刻,都没有死。我们这一次也要活下去。"老朱说。

"说说你以前最危险的故事吧。"

"有好多次啊。有一次是在1952年朝鲜罗盛教烈士纪念碑落成典礼上,我们挨了一炸弹。我的战友摄影记者马家驹和一个文工团员被炸死,我右腿只受了点轻伤,当时我和马家驹就站在一起。同年在朝鲜汉江前沿阵地采访,我所在的阵地是一个小山头,受到美军的密集炮击。我躲在一个猫耳洞里,泥土落满了头。我换了一个掩体,不到半分钟,刚才待的猫耳洞中了一颗榴弹炮弹,我差点粉身碎骨。还有在1962年10月,我来到海拔五千一百米、零下三十多度的喀喇昆仑山采访反击印度的战斗。我随穿插连深入到了红山口敌军阵地后,伏在冰冷的山崖上拍摄。我的战友文宗华就在我身边,被敌人炮弹击中,滚入了深不见底的深崖。当然,还有那一次在解放一江山岛的战斗中,差点被咱们自己的空军飞机误炸。不过把这些危险的事情全加起来,还不如这一回多。最近几个星期,我们几乎每天都在挨炸,每天都有可能牺牲。"

"老朱,拜托个事,要是我牺牲了,你还活着的话,你回到北京要去看看我的父亲母亲,还有我的姐姐,告诉他们我是怎么牺牲的,没给他们丢脸。我的爸爸在装甲兵部队,你知道他的名字,你能找到他。"我舅舅说。

"没问题。还有人要告诉吗?"老朱看着我舅舅。

"是,你知道的。你要告诉医院的库小媛。到了越南南方之后,我每天都想她。她是个好姑娘。"

"你倒是不错,有那么多人可以想念。我都没有什么人可想念了。"

"你的父母亲呢?"

"早死啦。解放战争的时候死的,是被困在锦州城里活活饿死的。"

"你不是有个未婚妻吗?"

"是啊,她在北京的大学里读书,现在大学里停课了,不知在做什么。不知为什么,我虽然和她有未婚妻未婚夫的关系,可总还没有特别亲近的感觉。我只有一个姑妈牵挂着,出来之前把存折给她了。万一我牺牲了,我这些钱给她养老吧。"老朱说。停了一下,他又说了几句话:"我最近倒是很牵挂那个越南女兵阿梅和她的儿子。这个孩子那么可爱,好像和我很有缘分的,一见我就像见了爸爸一样亲热。这孩子一出生就在战火中,真的是命不好。我要是能活下去,以后会尽可能帮助阿梅和这个孩子。"

"这些越南女兵都是很好的女人。那个小仙对我很好,要是没有库小嫒的话,我一定会喜欢上小仙的。"

他们说着话的时候,又一轮地动山摇的炮击开始了。他们对于这些危险已经麻木,只是说不成话了,得静静等待着炮击过去。

有一天阮友寿主席询问手下那两个中国记者的情况,手下告诉他他们被困在大南山阵地有一个月了。阮友寿下令给大南山阵地的部队发个电报,说要请中国记者到C战区开紧急会议,立刻护送他们出来。于是,越南南方解放军D战区部队马上组建了一个排的护送队伍,花了五天时间,冲出了重重包围,牺牲了五个战士,将我舅舅和老朱送出了大南山战区。下一程的交通员带着老朱和我舅舅坐船进入湄公河里迷宫一样的河道,夜间到达了一个村寨里面安顿了下来。

经过一个多月日日夜夜的丛林恶战,我舅舅迎来了一个没有枪炮声的和平夜晚。他无比安宁地睡了一觉,早上醒来时,他简直无法相信自己眼前所看见的一切是真实的。宽广的湄公河水汹涌着奔向前方,河边上行驶着用风帆和马达的木船,在宽阔的河段,有许许多多的大木船装着椰子、木薯、蔬菜等农产品在做着交易,尽管在打仗,老百姓的生活还在继续。在岸上,一片片金黄色的稻田已经成熟。在已经割了稻子的田里,有农民赶着水牛在耕田。在岸边,村寨的每个角落都长着高大的椰子树,石头矮墙边长满了紫色的三角梅。他听见了外面有孩子欢快的笑声,出门看到带小孩的阿梅、小仙和五个女兵。小仙会说一点中国话,她告诉我舅舅自从部队拉出来打伏击战之后,原来的D战区被炸成了焦土,所有的机构全转移了。阿梅她们跟着后勤队伍一直在为大南山高地作战的部队提供后勤保障,敌人封锁非常厉害,工作极其艰苦。这一回,她们是接受了特殊任务,要把老朱和我舅舅送到敌后的C战区去。由于老朱和我舅舅生病,体力很差,准备在这里休养一些时候,等体力略微恢复,还要走很远的一段路程。

当我写这段文字的时候,不知为何脑子里会想到革命样板戏《沙家浜》,老朱和我舅舅留在南方的水乡里养病的故事和地理环境与《沙家浜》有某种相似。沙家浜的阿庆嫂、沙奶奶照看伤病员"缝补浆洗不停手,一日三餐有鱼虾",而阿梅和小仙对待老朱和我舅舅,除了阿庆嫂、沙奶奶那些关怀之外,还有一种越南女性的特别温柔和情谊。老朱和我舅舅得到很好的照料,身体慢慢好了起来。阿梅会做很多好吃的东西,会包粽子,会做米线。她的孩子已经会蹒跚着走路,整天缠着老朱玩,喊他"爸爸,爸爸"。小仙在那种环境下,一有空还在读文学和数学的课本。她说战争总有一天会结束的,现在不学习以后就没有时间了。我舅舅跟着小仙下河捕过几次鱼,在那些纵横交错的被椰树叶遮盖的水网里穿行。小仙对我舅舅的情谊是那么纯真,没有情欲的成分。小仙带他去村头看天宫娘娘庙,有几个老百姓在拜神祈祷。小仙教舅舅越南的拜神方式。我舅舅想起了现在中国这种庙宇是四旧,都要砸毁的。

接下来的事情和《沙家浜》情节有点相似,敌人过来扫荡。《沙家浜》里的敌人比较温和,有一个糊涂讲义气的胡司令,有一个文雅多疑的刁德一,戏演了很久他们还没有动粗。但是越南湄公河上的美军扫荡队则是乘着快艇和直升机快速到达,还没进村就用重机枪猛烈扫射,对着芦苇草搭成的房子喷火。扫荡的美军把村民都赶到了村头的神庙前。这个时候我舅舅和老朱被藏到了地道里面,阿梅和小仙她们自己留在地洞外和敌人周旋。

现在全世界都知道,越战期间越共挖的地道非常有名,有几百公里长,从游击区直接通到了西贡。美国好莱坞有个电影"Tunnel Rats"(《地道老鼠》),说的就是美军对付地道里的越共游击队的故事。我舅舅和老朱这回躲藏的地洞是在湄公河区,因为怕进水,河区地道不能连成一片。越南人个子小,地洞修得很狭窄,我舅舅个子大,爬到窄的地方会被卡住,他和老朱在地洞里几乎是不能动弹的。如果这个时候美军发现了洞口,往里面灌点水灌点毒气,他们就会被搞死。老朱和我舅舅在地洞里待了一天,听到外面有阵阵枪声。后来,带队的老乡让他们出来。因为天黑了,美军怕在河边的村子里受到偷袭,撤走了。于是,老朱和我舅舅艰难地从地洞里倒退着爬了出来。

天已黑,但是村子还在燃烧着,所有的草屋都被点燃了,几头猪在火中奔跑。我舅舅心里升起不祥的感觉,不知道阿梅小仙她们在哪里。他们走到了村头,看见那个神庙被炸塌了,天宫娘娘的塑像还孤零零地立在天空下。接着,他们看到了就在神庙外的空地上,全村的人都被杀害了,几十具尸体叠在一起,子弹都打在胸前,显然是集体枪杀的。老朱首先看到了阿梅,她的怀里还抱着她的孩子。然后我舅舅找到了小仙。她安静地闭着眼睛,头发还是那样梳理得整齐发亮,脸色白皙,神态像是睡着了做着梦一样。我舅舅经历了一生中最悲痛最仇恨的时刻,他在心里对小仙说:我要为你报仇!老朱更是一言不语,脸色铁青。

夜里,C战区的部队就派了一支队伍过来,我舅舅和老朱被他们搭救,最终平安到达了那里。他们受到了很好的接待,体力慢慢恢复了过来。但是,他们的心情还是那么恶劣,阿梅和小仙的死让他们难以平静。

越南南方解放军通知老朱,说中国国内来了通知,让他们结束任务,离开越南南方。越南同志安排他们回国。之后像进来时一样,他们通过胡志明小道回到了柬埔寨。他们的心有一半留在了南方,阿梅和小仙的死对他们的打击太大,心情一直无法恢复过来。中国使馆的武官说他们拍下的胶片使馆会直接运送到北京八一电影制片厂里。他们可以回国内休息几天,再回到越南北方单位去。但老朱和我舅舅毫不迟疑地选择了马上回到越南北方部队。这个时候,我舅舅的心里充满了仇恨,他要用高炮直接向美国强盗报仇。

第 八 章

一

我舅舅回到了外苏河防区。那段时间美国飞机没有来空袭，外苏河谷显得一片平静安详。我舅舅坐在河边，看着山顶上那座塔，美国人一直没炸掉它。这塔让我舅舅想起了延安的宝塔山，好像自己到了延安一样。

我舅舅回到了连队驻地，虽然高炮阵地经常更换，营房还是在原来的地方。我舅舅先去见了连长，连长是新来的。我舅舅不知道老连长去哪儿了，但不好意思问新连长。之后他就回到了侦察排的测高机班。他在营房里待了一会儿，下午时分，在阵地训练的部队回来了，一下子营房里热闹了起来。他看到沈士翔远远跑过来，大呼大叫和他握手，拍肩膀。

"好兄弟，你可回来啦。"沈士翔拍着我舅舅的肩膀，很惊喜。

"是啊,回来了。大家都好吗?"我舅舅说。

"怎么说呢?吃得还好,最近还吃上了青菜。你走了之后又打了几次大的防空战,牺牲了很多人,补充了不少新的。"

"我看到连长是新来的,不认识。"

"是啊,老连长在上一次战斗中牺牲了。每次空战都有人牺牲,我们师已经牺牲一百五十多人了,连长都死了六个了,我还好手好脚只是靠运气。快说说你这几个月在越南南方的经历吧,一定太惊险了吧?"

"在那边,最想念的就是我们的高炮。越南南方解放军没有高炮,美国飞机在天上肆无忌惮,想怎么炸就怎么炸。在那边被他们炸了那么久,现在回到这里可要打下他们几架飞机,才能解恨呢。"

"你要是回来晚几个月,恐怕就打不成美国飞机了,我们高炮61师要换防回国了。天哪,真想这一天早点到来,我太想念国内的和平生活了。"沈士翔说。

"你怎么知道部队要调防呢?"我舅舅说。

"这个时间表是早已制定好的。我军的高炮部队很强大,数量多,中央让部队轮换到这里实战锻炼。现在我们已经在这里超过一年,有消息说我们快要换防回国了。我每天都在计算着回国的时间。我活着回到国内的希望越来越大了。"

"野战医院也会一起调防回去吗?"我舅舅问。

"医院不是战斗单位,可能不会轮换那么快。"沈士翔说。他明白了我舅舅为什么问这个问题。"哦,明白了,是因为库小媛对吧?"

"是的。她情况怎么样?你最近见过她吗?"

"上个月见过一次。我那天拉肚子很厉害,去看医生时顺便去看了她。"

"她怎么样?都好吗?"

"都好。你们好上了是不是?看你脸都红了。实话跟你说,那次她向我问起你呢。"沈士翔说。

"她对你怎么说?"我舅舅迫不及待地问,心跳不已。

"她看来挺惦记你的,但是表面上装得无所谓一样。她对我说:哎,你那个有毛主席纪念章的新战士最近怎么样?我说你不在连队了,跟着八一电影厂的记者到越南南方去了。她又问我:那他还会回来吗?我说我不知道。"

沈士翔这几句不经意的话,在我舅舅心里激起了阵阵波浪。他知道库小媛惦记着自己,再没有更好的消息能让他感到这样暖心了。

"我想去看看她,我得找个理由去一下医院。"我舅舅说。

"看你这样头脑发热的样子,我得给你泼泼冷水呢。"沈士翔说,"别以为你是北京来的红卫兵,是高干子弟,什么事情都可以做,部队是禁止士兵谈恋爱的。你要是再去找她,会给她找麻烦的。"

"我知道的,所以我到现在也不敢去医院看她。"我舅舅说。

"咱们部队通常把男女之间的事情说成是搞腐化。两年前,部队还在福建的时候,医院里出过一件事。有个护士长叫刘娟子,长得很漂亮,皮肤白皙。我因为阑尾炎开刀住院,见过她的,她说话永远是慢条斯理的,性格很温和。她是苏州人,已经结婚,爱人也是军队干部,在司令部当参谋。她和她的一个下属男护士好上了,按道理也不应该。老公就在身边,而且是个军官,她怎么会和一个男护士好上呢?人就是这么一个奇怪的东西,最后被人抓住的时候,她和他是在放杂物的仓库里面搞腐化,两个人当时就被关了禁闭。祸不单行,她的婆婆因此事气得突发脑溢血死亡,可怜的护士长罪孽更大了。丈夫愤然和她离了婚,最后她被开除了军籍,遣送回家。"

这一次谈话让我舅舅决定暂时不去见库小媛了。他想,库小媛一定已经知道他回到外苏河了,他们不久之后总有机会见到。

我舅舅回到了外苏河防区,整整有一个月都安安静静,天空上除了高空飞过的大鸟,没有飞机的影子,使得人们觉得好像不会再有战事。

7月的一天早上,高空出现了两架飞机的影子,飞得缓慢,是两架侦察机。通常侦察机一出现,就表示轰炸要开始了。但是,接下来的几天都没有轰炸,侦察机一直在高空盘旋。

指挥人员得到的消息是,美国和越共的一场谈判没有结果,谈崩了。美军马上要发动一场大攻势,调集了两艘航空母舰进入北部湾加强兵力。因为航空母舰还没抵达,轰炸推迟了几天。朱复兴知道了大战将要来临,他仔细维护了摄影机,准备了大量电影胶片。

外苏河防区指挥部将所有的高炮阵地进行调整加固,又调集了一批100毫米大口径高炮,组成了梅花形阵地。同时,有好几条应急的便桥也早已准备好了。

最早发现敌机群的是位于海防的雷达营。中国那时的雷达设备还很简单,五十年代苏联造的。当雷达发现敌情时,操作手惊呆了,敌机数量多得无法计算。但是很快荧光屏上什么也看不见,敌机开始了雷达干扰,用了一种新的技术,让中国的雷达完全失去了作用。美军飞机还发射了百舌鸟导弹,这种导弹是专门对付雷达的,顺着电波打了过来,把两个雷达天线都炸飞了。雷达营只能用电台告诉各个阵地,敌人飞机和他们的距离,让他们自己计算敌人飞机抵达的时间。各高山上的人工观测站也发现了敌机群,让各部队做好战斗准备。

等待了这么久,我舅舅作为一个正式的战士终于迎来了第一次真正的战斗。舅舅这个时候在测高机的阵地上,做沈士翔的下手。测高机的阵地在火炮阵地之上,是高炮的眼睛,是敌机攻击的重要目标。沈士翔很有经验,伪装做得很好,而且阵地的掩体也很特别,用了一圈沙袋,高过了头顶。沈士翔在敌机出现在仪器目镜之内时,看花了眼,那么多的飞机!他知道上级一直是这样的方针,集中火力打主要目标。他把敌机群带队飞机高度速度方位诸元报了出来,眼看着敌机就扑了过来。

我舅舅来到外苏河防区已有些时间,也经历了好几次空战,但以前他都不是在高炮阵地上直接面对敌机。敌机群对着阵地扑来,那空气撕裂的声音像鬼怪的嚎叫,飞机也不像飞机了,像是一块块直摔过来的钢板。这个时候阵地上突然迸发出高炮密集的火力,有两架飞机当空被打成碎片。我的舅舅从最初的紧张中缓过来,只觉得非常解恨。阵地的炮火非常猛烈,逼得敌机飞高了。敌机第一个俯冲不知道高炮的位置,吃了亏。但马上改变了战术,开始了分头攻击。

敌轰炸机冲破了高炮的火力网,准备轰炸外苏河大桥。这个时候,他们发现河上居然有三座大桥。这是龙长春使的诡计,有两条是假的。高速度飞行的飞机难以分辨真假,分散了敌机的火力。敌机一犹豫,地面的高炮抓住了机会,一下子又打中了三架飞机。

我舅舅的位置正处于阵地的中央,最初的撕裂感过去后,他开始体验到什么叫地动山摇。地面上各种口径高炮按各自节奏发射,突然之间产生了一种美妙的和谐交响。那旋风一样轻快的是四管高速高射机枪,急促激越的是 37 炮,主体旋律是嘹亮的85炮,还有那低音部分的100炮,发射一下就是一个贝斯震颤。而敌机的俯冲和炸弹发出的尖厉呼啸就像小提琴一样。我舅舅沉浸在一种狂热之中,完全忘了生死问题。在高空处,他看到了敌机扔下的子母弹在空中炸开,一个个小球带着四个钢翼急速旋转,直向我方阵地降落,但我方阵地的炮火是那么猛烈,所刮起的气流旋风把子母弹的降落伞吹开了,飘向阵地周围几十米处,噼里啪啦炸成一片。群山中的鸟儿被震出了树林,一群群飞鸟东飞西撞。一颗凝固汽油弹打中了二班那门85炮阵地,炮班的人身上沾了汽油,变成火人,在地上打滚,但是打滚的结果并不能灭掉火。我舅舅隔着距离,听不到他们的惨叫,眼看着他们烧成了焦黑的尸体,立刻有一股人肉烧焦的气味弥漫开来。

又有一个新的敌机群过来。和之前的攻击方式不同,这回敌机还没到阵地上空,就开始投弹,能看到那黑黑的炸弹对着阵地飘来。第一颗炸弹在离我舅舅阵地几十米处爆炸,其巨大的气浪把掩体上的伪装全吹走了。这是气浪弹,首次在这里投掷,之前是用于炸掩体和铁丝网的,主要的杀伤力是巨大的空气震动冲击波。气浪弹陆续投下来,我方阵地受到了严重破坏,伤亡非常严重。巨大的气浪把我方战斗人员抛到空中,气浪的力量能把人身上的衣服撕开脱离人的身体,所以受气浪直接冲击的人员都成了裸体。第一波气浪弹之后,阵地上的火炮都哑了。我舅舅也被压到倒塌的掩体之下。

龙长春在指挥所,看着敌机一阵阵的攻击,这回敌人真是发了疯了,用了那么多飞机,被打下了十几架还毫无退缩之意。外苏河一座真桥两座假桥都被炸断了,这个龙大爷倒是不怕。但是指挥部和河东高炮阵地完全失去了联系,让他十分着急。那个团阵地完全沉默了,任凭敌机轮番轰炸没有一点反应,通信连怎么联系都联系不上。战斗有了间隙,龙大爷带着人员去阵地上亲自查看情况。

龙大爷看到的情况触目惊心,阵地上火炮东倒西歪,满山都是战士的尸体,全部是裸体的,被气浪弹吹走了衣服。走到山腰的团部指挥所,看到了周围到处是一条条鲤鱼。鲤鱼怎么会飞到这里来?事后知道是附近有一个越南老乡的养鱼塘,被气浪弹打中,鱼在空中飞了上百米落到了阵地上。总算看到了一个通信员还活着,他坐在地上,翻着眼睛,张着嘴巴说不出话。问他情况,他努力张着嘴巴,还是发不出声音来。龙长春急了,对着通信员的胸口嘡嘡就是两拳。这通信员吃了两拳,居然缓过气来,号啕大哭,说团指挥部的人全牺牲了,团长也牺牲了。根据情况分析,敌人占了便宜,还会很快再来攻击。必须马上恢复战斗力。龙长春和指挥部联系,任命了一个新的代理团长,让部队马上救治伤员,清理战场,重整战斗力。龙长春对那些鱼很有感觉,到了越南之后,一切的供给都是国内运来。鱼不好运,所以部队都吃不到鱼。他指示炊事班把鱼收起来,做给战士们吃。这件事后来成了他被批判的一条罪行,说他在战场上还讲究吃鱼。

我舅舅所在的指挥班奇迹般地没有伤亡,只是掩体倒了下来压住了几个人。他们正在做恢复工作,接到营部的命令,说二连的测高机班全部牺牲了,机器也打坏了,要求六连派人带机器支援。沈士翔推荐我舅舅去执行这个任务,虽然他才学了一个多月,却已经完全掌握了测高机的操纵技术。刚过去的战斗中我舅舅测出的射击诸元打下了好几架敌机。连长问我舅舅有没有信心,我舅舅说没问题,马上接受了任务,背着机器向对面山头的二连阵地出发了。

我舅舅已经熟悉了连接各个高炮阵地之间的小径。他快步走着,看到一个个炮位在迅速修复,尸体被抬了下去,伤员也被送到包扎所和医院。整个阵地又是一片高昂的士气,一浪高过一浪。我舅舅扛着机器在一个个阵地之间走过,他的斗志被激发了起来,只是想再次投入战斗,为死去的战友报仇。

我舅舅走上了山梁,他突然看见对面的阵地上老朱正扛着摄影机在拍摄。从越南南方回来之后,他们还没见过面呢。他们之间隔着一条几十米的山沟,我舅舅大声喊着:"老朱,你都没事吧?"

老朱看见了他,隔着山梁向他挥舞着双手。他们为看到各自都还活着而由衷地高兴。

而我的舅舅还要赶路。我舅舅到了二连的阵地,二连的人都在等着他,因为没有测高机,等于高炮没有眼睛。二连连长让他马上布置阵地,架设起我舅舅带来的四米测高机。我舅舅一观察这里的地形,心里打了个冷战。因为这里的伪装隐蔽条件很差,测高机架设的地方,是高炮阵地上方一块暴露地带,原来的测高机班就是这样给一个炸弹炸毁的。但是周围没有更好的地方可用,也已经没有时间转移阵地。前方哨所传来消息,大批的敌机已经飞过来,更大的防空战就要来了。

警报响起,敌机临近了,指挥室不时传出无线电员报读的诸元,连长下达了"目标右行临近,三号搜索"的口令。指挥仪六、九测手瞪大了眼睛搜索,一个白亮点一闪,六、九测手准确地跟踪,其他测手精确地对针操作。我舅舅对着测高机目镜里有节奏地测报着高度、距离,一万二、一万、九千!仪器排长将小红旗一举,高报:有诸元!连长下达了"联动——间隔五——放!"的口令。二炮手将二十公斤的炮弹装进了炮膛,炮口喷出一片红光,炮弹直扑敌机,接着天空有闷雷炸响。85中炮一开火,37炮、四管高射机枪紧跟发射,火力疾风暴雨般扫向目标敌机。我不知道我舅舅当时心里是怎么样的感受,按照通常的小说写法,他的心里一定是想起了小仙,对她说,我在给你报仇,我打下美国佬的飞机了!我舅舅经过南越之行,对美国侵略者有了刻骨的仇恨。也因为他近距离接触过美军地面部队,心里一点也不害怕他们了。

我舅舅在阵地上对付着成群的敌机的时候,朱复兴正扛着摄影机在阵地之间穿梭着。在这里,同样是越南的土地,但他是在自己的部队里面,没有在南方的时候那种种限制,他能像一个战士一样直接面对着敌机拍摄。我舅舅在山上看到他时,他正前往另一个重要阵地,去拍摄100毫米高射炮的实战情况。他经历了那么多的危险都没有出过事情,好像有神灵护佑着他。但是今天神灵没有能够保护了他,他的镜头即将拍到最后一格。有一批敌机突袭而来,老朱毫无惧色,站立着对着敌机拍摄。他的心里有阿梅和孩子被美军枪杀后留下的巨大悲痛,他对美军的飞机是那么仇恨,恨不得肩上的摄影机变成高炮,直接打击美国飞贼。就在这个时候,从老朱的背后方向,有一架F-4飞机发现了老朱,俯冲着过来。老朱毫无觉察,敌机的机关炮发射出一长串子弹,同时近距离准确地投下了一颗爆破弹。老朱这个幸运的战地记者这回不再幸运了,炸弹就落在他身边,他被炸得粉身碎骨。而我的舅舅此时正在捕捉敌机目标,一点也不知道老朱已经光荣牺牲。

这一波空袭之后,天空又安静了下来。这时候天开始黑了,有好几十道探照灯从外苏河谷射向了天空,看起来像是巨大的利剑一样,给人一种安全感。指挥员让大家趁这个时间赶紧吃饭,因为看今天的样子敌机的轰炸计划还没结束,很快还会卷土再来。炊事班的人已经分头把做好的饭菜送到了阵地上。我舅舅从炊事员那里领到了一份馒头,还有猪肉炖白萝卜。

那个送饭的炊事兵一直好奇地打量着他,好像有什么事情一样。

"你干吗这样看着我?好像我在饭店里吃了饭没付你钱一样。"我舅舅说。

"说啥啦,我只是不认识你,有点奇怪。"炊事员咧开嘴笑笑。他是个山东兵,口音很重。"我中午送饭过来的时候,还没看见过你呢。你是新来的吧?"

"是的,我是新来的测高机手,刚从一连支援来的,就为这啊?我还以为你要收我饭钱呢!"我舅舅和他开玩笑说。

"那原来的测高机手哪儿去了呢?"炊事员问。

"他牺牲了,我是来接替他的。"我舅舅说。

"那可怎么办?他死了?他是我的同村老乡,他是家里的老大,家里靠他撑着的,我以后回家可怎么对他的爹娘交代呢?"炊事兵一屁股坐了下来,大哭起来。

"你哭个熊!现在每天都要打仗,每天都要死人。你就知道能活着回到老家去?"边上一个老兵没好气地熊他。

那个炊事兵还在哭得稀里哗啦,说本来他的老乡前测高机手说好把妹妹介绍给他的,这下没指望了。

刚吃了饭,前方就发来敌情通报,说从航母起飞的两个敌机编队正朝着外苏河防区飞来。

夜间作战和白天完全不同,主要靠探照灯捕捉目标。一个和我舅舅一起参加过这次夜战的老兵在回忆文章里这样写——我多次目睹过夜战场面,什么样的焰火也难媲美,那是一幅空中火网组成的战斗画卷:无数雪亮的探照灯交叉移动着,雷鸣中的敌机像只大白鸟,瞬间各种口径的炮火射向敌机,曳光弹闪着红绿色的弹道在空中飞舞,一个红光一声巨响。100、85、57、37炮交叉射击,四管高射机枪像一束粗大的火柱呈扇形射向夜空。中弹的敌机变成一个大火球,翻滚着往下坠落,地面腾起一片火光,随之是沉闷的爆炸声。那晚,一架敌机进入我团防区火力范围,探照灯捕捉到目标后,等到目标临近时开灯就照中,顿时炮群所有炮火排山倒海般射向敌机,几秒钟之间敌机就被击中起火。因为这架敌机飞得较高,没有空中开花,而是拖着一条火尾,滑向北江与克夫之间的空中走廊。我们的探照灯手一直没有关灯,几柱强烈的探照灯光照射着被击中起火的敌机,一直把它送到天边的地平线,直到飞机掉下爆炸。在探照灯照着被击中的飞机掉向远方的过程中,整个炮群阵地上的干部战士和机关人员从各个山野角落发出的欢呼雀跃声此起彼伏。

但是探照灯不能照到所有的飞机,有几架 F-105 正越过探照灯网,向着高炮阵地直冲过来。我舅舅只是听到了一阵噗噗噗的奇怪响声在逼近,随后是一条闪光。好像是熔炉的门突然打开了一样,接着是轰隆一声炸响,先是白后是红,跟着一股疾风扑过来,让我舅舅无法呼吸,只觉得灵魂脱离了身体,飘啊飘,一直在空中飘。我舅舅的意识还是清楚的,知道是被炸中了,八成是中了气浪弹,现在还在飘飞着。他知道这一下自己是死定了,在死之前他还要想一想什么事情?什么事情应该想一想呢?就在这个时候他重重落到了地面,气浪把他吹到了二十米开外的土沟里,昏迷了过去。

二

我舅舅在死亡的边缘走了一遭。在他完全失去知觉时,他是在一片混沌黑暗中,后来他一部分的潜意识苏醒过来,大脑有了活动。他觉得自己在升空,无重力地飘浮着。他在空中遨游,俯视着有着湛蓝空气和广阔无边的大海,地球的轮廓清晰可见,在阳光下反射着银光。远远的左方呈现着一望无际的阿拉伯沙漠,红海有红金色的色调,点缀在地中海的一隅。当他全神贯注看着时,其他景象淡然退去,覆盖着积雪的喜马拉雅山出现了,那里是一片云雾和阴霾。舅舅觉得自己已经到了世界的开端,离开地面有几万公里之远。

转而他看见了一个陌生的海岸,黄褐色的花岗岩山体部分已经凿空,形成了一座寺庙。他伫立在一块巨大的黑石头旁边,原来这巨大的石头是列宁的雕像,有一条路引他入前厅。路的左方,有一名印度僧人宁静端坐在石头椅子上,身穿白袍。舅舅知道这个人在等待着他来临,仔细看,原来他是政工组长。步入前厅,内侧左方是寺庙的大门,成千上万的壁龛,布满了碟状的凹槽,其中放置着椰子油和燃烧的灯芯,透着一环环明亮的光芒。

当他正在思考自己所面对的这些事情的时候,有件事发生了。在湄公河方向的下方,有一影像浮现,她就是库小媛。她此时的形象变成了一条抽象的金色光环,但是他能感觉到她就是库小媛,她是生命的化身,是一个金色的光圈。他和她对面站着,她在云朵里,向他伸出手,无言地交换着思想。她说他没有权利离开这个世界,要他马上回来。而他正在陨落,拼命挣扎着。这个过程就像裂变一样闪动,让他痛苦。但是幻象在慢慢消退,他的知觉回来了,还没睁开眼就感觉到有个人坐在他的床前流泪,最后他终于张开了眼睛,看见了床前的库小媛。

"你终于醒了!"库小媛说。她的眼泪涌出了眼眶。

"这里是什么地方?"我舅舅问。

"野战医院,你已经昏迷三天了。"我舅舅看见库小媛泪流满面。

"我负伤了吗?伤得重吗?告诉我,我的手和脚都还在吗?"我舅舅的意识清醒了,第一个想到了自己的手脚。他还不能指挥自己的手脚行动。

"手脚都好好的,但是你伤得很重,差点光荣牺牲了。你送到这里的时候已经瞳孔放大脉搏停止,用了很久人工呼吸。

你失血很多,静脉都扁了,输不进血。好在你是从北京来的红卫兵,医院给你优先抢救,后来切开了腿部深处的静脉,给你输了大量的血,才保住了性命。本来要送你回祖国去,但是你的脑震荡不能颠簸,只好在这里治疗。你醒来了太好了。真是太好了。"库小媛说,眼泪还在流。她没说的是,当时给他输血时,因为没有足够的血可用,抽了她六百毫升的血输给了我舅舅。

意识正在迅速回到我舅舅脑子里,他已经能想起昏迷前的炸弹爆裂那一瞬间的场面。

"我总算参加了战斗,亲手打下了美国飞机。"舅舅说。

"这次打下了不少,听说打下了七八架,还有打伤的。但是我们的伤亡也很大。"库小媛说。

"我们牺牲了多少人?"

"有二十七个,还有三十多个受伤,其中十来个重伤。你知道吗?你的好朋友朱记者牺牲了,他被敌机的炸弹炸成了碎片。听说敌机俯冲过来的时候,他站在阵地上直接对着敌机拍摄,特别勇敢。"库小媛没有说老朱被炸成了碎块,无法运回来。后来是野战医院的几个护士到他牺牲现场兜着一条白床单,一块一块收集他被炸碎的遗体,找到了几十块,包成一个布包袱拿了回来。

这个消息让我舅舅非常难过。他知道老朱经历过那么多的战斗都没出过危险,他的自我保护意识本来是很强的。这一回在越南南方,因为阿梅和她孩子的死让老朱对美帝国主义产生巨大仇恨,他太仇恨它们了,所以会完全不顾安全站在阵地上直接对着来犯敌机拍摄。

这时我舅舅闻到了外边有不寻常的气味飘来,库小媛告诉他这回牺牲的烈士还没来得及埋葬,二十多具简易的棺木摆放在不远处的树林里,部队正在抓紧扩建烈士坟墓,还没完工。遗体已经开始腐烂,所以会有一阵阵臭味飘在空气里。

"他们为什么不运回国内去?我觉得牺牲的烈士应该埋葬在国内比较好一些。"我舅舅说。

"不可以的,听说是越南和我国商定的,烈士都埋在当地。对面的烈士陵园已经埋了一百多具烈士遗体了。"

"你说我们部队死在这里的人,都应该算是烈士吧?"

"应该都是吧,我知道埋在里面有事故死的,有生病死的,都发了烈士证书。"

"以前我知道的烈士都是书上的,传说中的,像黄继光、邱少云,没有想到自己也差一点成为烈士了。你说我们要不要跟领导说说,要是我们都牺牲了,让他们把我们的烈士墓挨在一起?这样的话我们没事都可以从土里钻出来聊聊天,夜里还可以在一起,不要像现在这样躲躲藏藏。"我舅舅说。他的心情开始好起来,因为还活着,又开始胡诌了。

"你可不要乱说不吉利的话。再说这也是不可能的,烈士墓的位置都是组织上决定的。"库小媛说。她突然变得很伤心,眼泪又哗哗地流下来。

"好的好的,我不说这些话了。我们都不会成为烈士的,我们都会活着回到国内去的。"我舅舅说。

我舅舅恢复得很好。他的伤主要是脑震荡和失血过多,没有内伤和骨头损伤,在输了足够的血之后,加上良好的营养和精心的护理,他一天比一天好了起来。他的头不再疼痛,脸上的肿消退了。因为他是重伤员,库小媛可以每天都贴近地护理他。她温柔的双臂经常要把我舅舅抱起来,给他换衣服换被单,我舅舅依靠在她如白天鹅妩媚温柔的胸怀里,内心的幸福感让他感到一阵阵眩晕。库小媛低声细语,用带潮润芬芳气息的声音询问或回答他的问题。让我引用一段《日瓦戈医生》里的文字吧,书里是这样描写拉拉和日瓦戈医生之间的心心相印,此时我舅舅和库小媛也是这样的:他们的低声细语,即便是最空泛的,也像柏拉图的文艺对话一样充满了意义。他们的爱是伟大的,然而,所有相爱的人都未必曾注意到这种感情的奇异。对于他们呢,这正是他们与众不同的地方,当一丝柔情从心中升起,宛如永恒的气息飘进他们注定灭亡的尘世时,这些短暂的时间便成为揭示和认识有关自己和生活的更多新东西的时刻。

经常有人来看望我舅舅,有领导也有战友。有一个下午,我舅舅正百无聊赖地躺在床上,突然看到一个人走了进来,是库小媛领他进来的。我舅舅一眼认出他是马金朝,虽然他的变化比较大,瘦了很多,脸长了,那关公一样的眼睛可没变化。

"马班长,你回来啦?看到你我太高兴了!"我舅舅一下子从床上坐了起来。他真心喜欢马金朝,看到他回来好激动。

"是啊,回来了。你怎么也负伤了,不是让你待在炊事班的吗?"老马说。

"马班长,我来到越南可不是为了待在炊事班的。"我舅舅说,"你都好吗?有五六个月没有见到你了。"

"是啊。我在南宁那边的部队医院住院治疗,骨头算是接上了,可是短了一大截,走路变得一瘸一瘸的,军医给我评了个二等残废。那边的人告诉我可以在部队里疗养一些时间,然后当残废军人退伍,每月有生活费补贴。可我还是觉得连队好,就回来了。"

"你现在走路有问题吗?这里可是要打仗的。"

"是啊,我这腿不灵便了,也许不应该再来,可是我总惦记着连队。咱们连队到越南之后牺牲了那么多人,连炊事班也牺牲了一半的战士,想起来真叫人难过。他们都死了,埋在了这里,我在国内都觉得不安。我还放心不下我们班的那门火炮,老是会卡弹壳,不好使,怕别的炮长摸不到它的脾气。再说,老家条件很不好,退伍回去也不开心,还是先回部队待着吧。"老马说,神情黯淡。

"你家里怎么样?有没有回去看看?"

"倒是回去了一次。情况不好,回去之后心里都堵得慌。"

老马说自己搭军车到了南宁,在城里买了一条红色的毛线衣,送给秀英的。买了一些小糖,带回去送给村里的人。他最花心思的是要去买一部上发条的汽车,因为他记住了二连长死之前说想给儿子买一辆上发条的玩具汽车的事情。他在第一百货公司的玩具柜台边转悠了好半天,他看到了有一部公交车模样的,但是价格标签上写的要十几元,我的乖乖!他一个月的津贴费也就十几元呢。后来看中了一个绿色的卡车,也得八块多。他一咬牙买下了。

在南宁坐上火车,走了好几天到了自家的县城。回自己村子没有汽车可坐,以前路上还有些牛车马车什么的,现在都看不见了。从县城回家有十几里地,过去他脚好的时候没问题,现在腿的伤还没全好,走路有点瘸,路就显得特别长了。路上遇见的人都显得神情麻木紧张,村头的破庙外刷着一些标语,也有几张大字报。

这里很干旱,和越南的那一片葱绿色不一样,到处都覆盖着厚厚的尘土。看得出地里很缺水,庄稼都蔫了,也没有人在浇水抗旱。他忐忑不安地走进了村里,远远看见自己家那一间房子比上次更加破烂,好像要倒下去。村里别的土房子也差不多一样。他走进了村里,好些娃子在尘土里玩耍,看见一个穿军装的人过来,都吓得跑回了屋内,从破门里伸出头张望。很快消息就传遍了村里村外,村子像动员起来的马蜂窝一样,内部在嗡嗡地激动着。村里出了秀英回娘家打离婚的事,这下马金朝回家了,看看他会使什么办法处理。

老父亲背着他坐着,他总是这样坐的,眼睛不会看着人说话的,闷声抽着烟袋。母亲则看着他,一边流泪一边笑着,说,你回来了?这下还回队伍里去吗?他的几个兄弟姐妹得知他回来的消息,都陆续出现。屋子外面开始围着人,看热闹的,破窗外全是眼睛。家里没有什么吃的,只有一点点红薯干。老马拿出钱和粮票,让大弟弟去买了点粮食回来。

屋里黑洞洞的,只是点着一盏煤油灯。老马坐在中间,父亲母亲坐在对面。在灯光照不到的灯影里,还站着几个他的兄弟姐妹。屋里很冷,老马没想到家里会那么冷,四面透风,门窗都是透风的,也没有烤火的炉子。他在炎热的越南待了那么久,更不适应这里的阴冷了。但是让他难过的是,这屋里还有一种特别冷的气氛,他回到家的兴奋很快就过去了,因为现在他马上面对着的是秀英打离婚回娘家的事情。这屋里已经没有秀英,她在十里外高桥村的娘家。农村里什么都慢,但是老马回到家的消息会传得很快。虽然这样,老马还是让自己的二弟弟去跑一趟,告诉秀英自己回来了,让她回家来相聚。

但是到了夜里,还不见秀英的影子。弟弟也没回来,兴许是他没能让秀英回来,自己跑什么地方玩了。在屋外围观的村里人都没了兴趣,陆续都散了回家。屋里面,老马还坐在那里,父亲在不停吧嗒着烟筒,母亲也没话说了,坐着打盹。老马一根根抽着烟。

"这闺女不中。"父亲嘴里不时蹦出这一句话。

"咋个不中啦?"老马说。

"懒,只知道吃。"

"这些日子家里吃得饱吗?"老马问。

"这年头,哪能吃得饱呢? 三天两头闹灾荒的,地里收不上什么庄稼。咱家里人多劳力少,粮食老是透支的。"父亲说。

老马说不出话来反驳父亲。他的记忆里还有早些年村里饿死人的事情,他自己那时也差点饿死了。真正他能吃饱是他到了部队,那么多的米饭和馒头可以随便吃。城市里的兵还经常埋怨吃不到猪肉,对他来说能吃饱肚子有没有猪肉是没有关系的。但是他家里的人还是像原来的样子吃不饱,在挨饿。他刚娶来的媳妇饿得受不了,跑回娘家了。想想这些,老马觉得心里面太难过了。他知道今夜秀英是不会过来的,他想明天自己得去秀英家里看看她。家里没有多余被子了,他裹着自己的军大衣,躺在炕的角落里凑合了一夜。

第二天起来,一看门外,好家伙! 一片白茫茫的雪。老马穿上了军大衣,怀里揣着给秀英的衣服和一条给她家人的飞马牌香烟,前往秀英家所在的高桥村,杂乱的田垄和村庄被雪一盖,变得好看了起来。老马认得那个高高的地方是烧砖的窑,再前面的是他以前上过的小学,再过去是土地庙,前面还有一条河是小时候游水摸鱼的地方。他总算有了一些回家的感觉。

走了一阵子,到了秀英的家。秀英家房子是瓦房,她父亲是赶大车的,活路多一些,所以家境在方圆十里算好一些的。秀英没有躲他,在屋里等着他。

"你回来啦?都说你光荣负伤了,伤在哪里?让我看看。"秀英说。

"伤到腿了。"老马说。把裤脚管撸起来让她看。伤疤很长,腿变形了。

"怎么伤成这个样子?痛不痛?"秀英抚摸着老马的伤腿,眼圈红了,心疼地说。

"怎能不痛呢?都断了一截了,差点残废了。不过比起隔壁村光荣牺牲的顾玉林,我算运气得很了。"老马说。

"是啊,顾玉林的家之前红火得很,他当连长的,是方圆几十里最大的军官家庭。可他一牺牲,啥都没了。"

"我说,你干吗要发打离婚这样的狠话呢?你有什么委屈就对我说说吧。"老马看到气氛有点融洽了,把话头转了过来。

"早先是说你很快会提干部,我是想和顾玉林的女人一样风光才嫁给你,可两年过去了你还是个大头兵。这还不算,你家的日子哪里是人过的?整天吃不饱,红薯干玉米粉都吃不上,你爹爹还会骂人,骂我好吃懒做,有一回还用烟袋敲我的头,我怎能忍受得下去?"秀英数落着。

"提干的事本来部队里都说得像真的一样,后来不知怎么变卦了。我没存心骗你呢。"老马说。他说的是真话,当时的确有小道消息说他会提干,后来却没了下文。

"得了吧,我以后不提打离婚这件事。因为你都光荣负伤了,我要是再打离婚政府都不同意,人家也会骂我。可是我不会去你家住了,你就搬到我家住吧。"秀英说。

"那不行,这不成倒插门了吗?"老马说。

"没的事。要不你就自立门户,和你父母分开来住。"秀英说。

"那是以后的事,眼下你要是不跟我回家,我可丢人丢大了,村里人都看着笑话呢。"老马说。

这一天,老马说了好多的话,总算把秀英说得回心转意,同意跟他回家了。他们一前一后在雪地里走了十几里地,回到了家里。屋子外边围了一圈村里看热闹的人,老马把带来的小糖分给了村人吃。因为他这次有些受伤的补贴费,家里买了白面,蒸了一笼又一笼的馒头,屋里充满了吉祥的气氛。总算天黑了,屋里的人都躺下了。老马找不到原来那条帘子了,只好临时找了一条破被单挂了起来,和家里别的人隔隔开。秀英躺下时还穿着棉衣,不过那时衣服少,解开了棉衣里面就是肚兜。这一夜,老马在秀英身上忙个不停,上半夜他觉得极其幸福。但是到了下半夜,秀英熟睡了,他却又开始了心烦意乱。虽然秀英今天回到了家里,但是他一走,秀英也会走,不知道接下来的日子该怎么过呢。

老马回到村里的第三天,有人请他喝酒,是大队的支书兼民兵连长。那年头,人武部还真的给农村的民兵连发了好几支三八大盖步枪呢,给民兵连长则发了一支盒子炮,这位大队支书经常把盒子炮挂在屁股上。村里的会计见识多一些,觉得屁股上挂驳壳枪是保卫"腚"部,所以暗地里叫他"保定"队长。保定队长年纪比老马要大十几岁,论辈分却和他一个辈的。他早年当过几年兵,退伍回来到了农村,接了老支书的班,当了大队领导。老马的老家虽然很穷,但当一个大队书记的日子总是比普通村民过得好一些。老马还知道他搞了很多村里的女人。

"我说大兄弟,你们到底在哪里打仗呢?当连长的顾玉林牺牲了,你也光荣受伤了。可是报纸上广播上都没有打仗的消息啊?你们是在解放台湾吗?"

"瞎说呢,不是解放台湾。我们的战斗任务是保密的,不能说出去。"老马说。

"咱也是当过兵的,现在也是个民兵队长,也算是军事的人,我们都是内部的同志。"保定队长说。

"不行,我不能说的,这是军事纪律,我要是说出去了,上面查出来我就完了。"

"那我们说点别的,你这下受伤了,是不是要退伍回来了?"保定队长说。

"我正为这事情烦着呢。去年有一阵子说过要给我提干,后来又没戏了。真没办法,也只能退伍了。"老马说。

"我说大兄弟,你得再下一下子劲,争取把干给提了,提了干在部队当军官多神气,回到家里也风光,以后转业回来也会在县城里当干部拿国家工资。你现在要是退伍回来,还是回到生产队。我知道你是个有能耐的人,可是这个队里只有一个队长,你回来我就不好办了。"保定队长说。这个时候,老马明白了队长请他喝酒的目的,是在劝说他不要回来和他争夺位置。不过队长说得也在理,要是退伍回家,眼看着就是这么个条件。秀英不会待在他家,他不是到她家倒插门,就是要自立门户,可是哪里来那么多钱呢?

老马这天喝了不少洋河大曲,和保定队长掏了心说了不少话。保定队长喝醉了,把自己搞女人的事情都说了出来。他拍着胸脯说,其他女人他都敢搞,就是军烈属女人不会搞,党和国家保护的。他让老马放心,他不在的时候,自己不会搞秀英的。老马听着这话,却越加心里不踏实,觉得保定队长这话有点此地无银三百两,好像他已经搞过了秀英一样。

时间很快过去了七八天,老马归队的时间快到了,他得去看一下邻村的二连长顾玉林的遗孀冬梅,把那辆发条玩具汽车给她送去。二连长家的房子是新的,因为之前二连长用工资盖了房子。他走进顾玉林家,看见正屋里挂着二连长的烈士遗像和烈士证书。这两样东西在地方上是极其受到重视的。他看到了冬梅,她的头上还戴着孝,看见他就流泪了。老马把发条玩具汽车拿出来,演示给她和她儿子看。老马突然想到,要是当时冬梅嫁给了他,那么她就不会成寡妇了,但是他马上又想到,要是冬梅嫁了他,也许另一种结果是他已经牺牲成为烈士了。

冬梅平静地接待了他。二连长的母亲知道老马是和他儿子一个部队,是和他一起战斗负伤的,就痛哭不停。她抓住老马的手问着:"我儿子死在哪里?为什么不让我去看他?我要给他上坟烧香,我每天都梦见他说自己很冷。"

"大娘,他不会冷的。他牺牲的地方是热带,热得要死,从来不需要棉被的。"

"人家告诉我,烈士都有烈士墓的,我要去看我儿子的烈士墓,你们不要拦我,我要去看我的儿子去。"

"妈,玉林战斗牺牲那个地方是保密的,很远,走不到的。"冬梅过来劝婆婆。

"我每天都梦见我儿子满身是血,在叫我,说自己很痛很痛。他临死前是不是有话要留给我,一定会有的,是我这个寡妇一把尿一把汗把他带大的。告诉我,他留了什么话给我吗?"二连长母亲的眼睛紧紧盯着老马。老马知道二连长临死前说了几句话是给冬梅的,说了给儿子买发条汽车的事,没听说他给母亲留话。但是现在他打死了也不能说二连长死前只想到老婆儿子,他只得临时编了谎言,说:"大妈,我当时不在他身边,但听在他身边的人说,他死前不停叫着娘、娘。"

顾玉林母亲听了先是发一阵呆,突然一声长号大哭起来,冬梅慌乱地在一边搀扶着。老马在冬梅家待了一个小时,她婆婆一直在大哭,但是有一瞬间,老马看到了她婆婆一个机警的眼神,他看出了她婆婆是在提防着他和冬梅的接近,她的大哭也是一种示威。他告别的时候,顾玉林的母亲一定要他带上一包香烛,一包儿子小时候爱吃的地瓜干,还有一条冥器被子,要他烧给她儿子。老马没办法说不带,只得收了下来。

归队的时间到了。老马临走时,深知家里还是一个乱局,秀英肯定还会跑回娘家。他走那天保定队长来送他,又交代他一定要争取提干,不要退伍回来。这边的事请他放心,说自己会保护秀英的。老马听他这么说,越发觉得他已经搞过秀英,而且还会继续搞她。这想法真是让老马发疯,他真后悔休假回家。在越南前线,事情是简单的,虽然日日面对着死神,但不需要你绞尽脑汁去思想。而今后,这再也办不到了,他不只是个受过伤的士兵,还成了一个为家事、为自己、为莫名其妙的事情而痛苦挣扎的人了。

三

老马那天在医院和我舅舅聊了一个下午。他们很聊得来,老马让他伤好之后去他的炮班当瞄准手,他们要一起打上一仗。

我舅舅恢复得很快,他甚至觉得恢复得太快了,怕要离开医院,因为在这里他每天可以见到库小媛,有时候一天能见到好多次。但有一天,小媛没有出现。我舅舅不好意思马上问接班的护士她去哪里了。第二天还没见她,我舅舅问了护士长,回答说小媛前天夜里被紧急调到太原防区的野战医院去了,那边有重大伤亡,急需补充医护人员。我舅舅呆若木鸡。她怎么说走就走了,连一句话都没留下来。

终于在第七天的上午,听到了库小媛在外边说话的声音。之后,她走进病房里,坐到了床边。她看起来是那么年轻美丽,全身散发着青春的气息。

"你都好吗?好几天不见。"她说。

"一点都不好。一直想你,不知你在哪里。你怎么一声不响就走了?"我舅舅说。

"是突然接到命令的。因为美军飞机集中轰炸了太原钢铁厂,伤亡很重,那边的医院忙不过来,所以从各个支队医院紧急抽调人员支援。那天夜里支援人员接到命令马上就出发了,根本没有时间和你告别。我本来以为很快就会回来,谁知那里的战斗那么激烈,每天要炸十几回。在战斗的间隙,我也想给你写信,可是寄到哪里呢?寄到医院人家一看就知道是我写的,这可不好。我可不敢写呢。"

"那边的战斗情况怎么样?"我舅舅问。

"炸得很厉害,太原钢铁厂是中国建设的,是越南北方唯一的钢铁厂,美国人最近每天都来炸。"

"那你已经完成任务了吗?不会再让你去那边了吧?"我舅舅担心地问。

"那边是总医院,想留我在那边,正式调过去。"库小媛说。

"那你会去吗?你会再次离开这里?"我舅舅说。

"你说呢?我不是回来了吗?我和那边领导说,这边的医院需要我,我得回来。其实呢,主要还是因为你在这里。我放心不下你一个人在这里。"她看着我舅舅,那眼睛里的感情深不见底。

"你回来了真是太好了。"我舅舅望着她,内心有阵阵暖流。他见没人,握住了库小媛的手。库小媛轻轻把手抽了回去。

我舅舅伤势渐好,由重伤员转为普通伤员,病房也从原来的单间转到了十几个床位的大病房。我舅舅伤势一好转,他那爱惹事不安分的毛病又开始犯了。有一次量体温,护士长把玻璃体温计给他让他放在舌头下面,结果他量的时候睡着,糊里糊涂把体温计咬断了。玻璃断了还不要紧,关键是里面的水银不见了,这水银要是跑到人肚子里是要毒死人的。问他知道不知道水银跑哪里去了,我舅舅说自己睡着了不知道有没有吞下去,结果把那个小护士吓得哭了起来。最后,大家在地上找,终于看到一颗珍珠一样的水银球在床底下躲着,才松了一口气。

我舅舅那段时间还特别能吃,每次开饭的时候听到走廊里响起送饭的推车声音时,他就会兴奋起来。这让他觉得自己成了巴甫洛夫做实验的那条狗。

在大病房内,我舅舅和库小媛在一起的机会少了,每天只有例行检查时才见到她一下,还不能多说话,连眼神都不能多接触,怕被别人识破了。他整天都在等着护士来查房,好看库小媛一眼。有时候库小媛不当班,他就见不到她。

我舅舅此时处于初恋的狂热之中,由于难以和库小媛在一起,强烈的想念使他烦躁不安。他有那么多的话要对她说,可就是没有机会。他还有一点自由,那就是把心里的话写下来,这样他就想到了给她写信。我舅舅起初想到用地下党的密信书写方法,听说用米汤加明矾在纸上写下来,干了之后纸上就看不出来,然后用火一烤,那些字就显示出来了。他马上遇到了困难,首先就是没有明矾,而且不知道米汤和明矾的配制比例。他泄了气,干脆用圆珠笔在笔记本上写了一大张。

他写好了之后,叠成一小块。当库小媛过来发药时,偷偷把信塞到她手里。可库小媛没有想到会有密信,没接住,信掉在了地上。我舅舅看到库小媛有地下党的潜质才华,一只脚把信踩住,之后装作掉了一根棉签,弯腰拾起了这封信。我舅舅看见她把信塞到了白大褂的兜兜里,才松了一口气。他以为神不知鬼不觉,其实他隔壁床那个严重烧伤头上包着纱布的伤员都看在眼里了。

我舅舅自从送出了密信,就一直等待着回复。他知道库小媛会给他回复,但不知道是用什么方式。接下来的几天库小媛来过几次大病房,但是对他和往常一样,没有一点特别的反应。到了星期六,他终于接到了回信。库小媛给他发药时,往他手心塞了一张纸条。

今晚上要放电影,我轮到值班不去看电影。我找到了一个地方,就是西翼的被服室。我们在那里见面。被服室挂了09号房间的编号。我七点就在里面整理被服。你敲三下,我就开门。

我舅舅知道现在要镇定,任何细微的不小心都会招致失败,而且不可以露出笑容,因为觉得人们会从他的微笑里看出他的秘密。他早已熟悉医院的地形,星期六中午他又特地去西翼实地走了一下,确定了9号房间位置。现在即使双目蒙上了布,他也能找到这个9号房间被服室了。

写到这里,我知道得好好写一写库小媛了。自从我接受了我母亲的任务之后,我没想到自己竟然会去写这本书。对于一个以编计算机程序为生的人来说,写这样的一本书难度是可想而知的。不过就像我舅舅当年热爱写诗歌一样,我也略通一些文学,尤其喜欢读点有先锋气息的作品。我在寻找深入库小媛的内心通道。我最初倒是想过用帕慕克的《我的名字叫红》的写法,书里各个人物以主观角度轮流叙述,但我顾虑那是别人发明的写法,会不会有拷贝的嫌疑。不过后来我发现,帕慕克的这一套写法是从福克纳的《我弥留之际》那里学来的,而福克纳这一手也可能是从更早的什么人那边学来的。所以,我最后决定试试这样的写法,让库小媛自己来对读者说说她内心难过的事情吧。

我是库小媛。

当我把我的回信塞给赵淮海后,一种恐惧感袭上心来。我知道这样做很不安全,是违反纪律的,会闯下大祸,但是内心有那么强大的力量在逼着我这么做。我完全被对他的感情冲昏了头脑。我是那么想见他,想和他单独在一起说话,闻到他身上的气息。他很快就要出院,就要重新投入战斗。他受了那么重的伤能恢复得那么快真是幸运,我害怕,他下一次战斗还会那么幸运吗?

最近我经常会想着那个给我留着糖的小战士,在他给我看盒子里和糖纸化在一起的糖时,我一点都没想到他会死,但他在几天之后就战死了。我还会想着战地记者朱复兴,他是赵淮海的好朋友,他们一起前往越南南方,又平安无事一起回来,可他现在已经变成了碎片,再也看不到他扛着摄影机的身影了。多么可怕,我脑子里总是抑制不住出现赵淮海牺牲的景象,我把这个想象驱赶掉,但总是还会回来。我知道自己心里有这样一种预感,怕他在下一次战斗中会牺牲。如果是那样,我会因为没有答应他的见面要求而痛苦自责一生的。所以,无论如何,我得冒一次险。他那样渴望着和我在一起,他经历了这样严峻的生死考验,他是有权利和我亲近地会面一次的。

医院的同事好像对我和赵淮海的关系有所觉察,我看到护士们在交头接耳,他们看我的眼光都有点不一样。这也许是我自己多疑吧?其实我和赵淮海一点事情也没有,就是喜欢和他说话,喜欢见他。可我还是那样害怕。昨夜我梦见了我过去的护士长刘娟子,她被迫离开医院之后就一点消息都没有了。那时医院还在福州,我是从头到尾都知道她的事情的。很奇怪,我收到了赵淮海的信之后,一直想着刘娟子护士长。而且不可遏制地想着采用同样的方式,趁值班的时候在被服室里和赵淮海会面。我不知道自己会变得胆子这么大。我被人嫉妒猜疑,但是我的内心有骄傲和欢乐。想到晚上我可以和赵淮海秘密地相会,内心有一种无可抑制的快乐在汹涌着。

我这么牵挂着他,可不是件好事情。昨夜里我梦见自己在一个屋子里,我不能呼吸,向同伴求救,我能看见听见他们在说话,他们却看不见我。

天擦黑了,我的心开始跳起来。医院里有了快活的气氛,大家都准备去看电影,操场在拉银幕,是新片《椰林怒火》。每回有电影看,都会像过节日一样。美军的飞机最近几天没来炸。通常他们的飞机一起飞,前方就会有通报,如果有危险,电影场马上会疏散,经常一场电影要疏散几次,但是从来没有发生过危险,所以看电影是一件安全的事情,也是件特别高兴的事情,我本来是那么喜欢看电影,但是今天我更加喜欢值班,这样,大多数的人都去看电影了,正好是我和赵淮海见面的机会。

七点半差五分,操场那边电影已经开始放映,从这里能听到电影机喇叭发出的声音,说明电影在正常进行。我出现在西翼的走廊里,没有灯光,有星光可以看得清路。我现在还不能进入被服室,我是那样提心吊胆,得再转一圈,看看是不是有人在注意我。我确信没什么异常,就打开了被服室的门,是用一把上海产马头牌司必录锁钥匙,然后把门关上,屋里变得很黑。

被服室里有清香,有消毒液的气味,平时没人来的,只有值班护士会过来一下拿被单之类的东西。我处于黑暗中,听到外面有一些昆虫在唧唧呜叫着。我看不见外面的走廊，但是心里有个影像在发生作用，我相信他会准时来，他正在走过来的途中。我在内心"神秘的影像"中看着他接近。那等待的几分钟变得很长，我很害怕，开始在心里数数，准备数两百下。过了这个数他要是还没来，那我马上离开。我已经开始后悔了，希望这件事没有发生。这个时候，门上响起了轻轻的三下叩指声。我打开了门，他从门的缝隙中闪了进来。

四

我舅舅闪进了被服室的门内。

从下午开始，他一直在激动着，吃饭时完全不知道吃的是什么。今晚又是一场露天电影，这让他想起了他们第一次见面时北京郊外的那次电影，想起那个晚秋的多次见面。那个时候，他们还是少年，情窦初开，那美好的回忆带着淡淡的幽香，像是一幅幅水彩画。而现在，我舅舅已经是个发育成熟的青年了，有着健壮的身体。他有过一次死亡的经验，激发了他生的本能，内心对于异性爱的渴望变得格外强烈。一整个下午舅舅在痛苦煎熬中等待着，他觉得如果今晚见不到小媛，他宁可死去。

我舅舅告诉隔壁床那个满身缠着绷带的伤兵说，晚上自己要去看电影。那个人还不能说话，只有眼睛还露着转动。

舅舅和其他看电影的人差不多时间离开了病房,但是他在路上就闪到了树丛里。他在树林里隐藏着,看着上海牌手表,这个时候他才知手表的真正用途。他等到七点二十分时,穿过树林回到了医院的西翼,看到附近没有人,就一跃而起,走进了西翼走廊。被服室!9号房间!他无数次默念着。他准确无误出现,看到了9号房间,叩了三下门,门立即开了,他闪了进来。

一开始他眼前一片黑暗,什么也看不见。但是他感觉到了小媛的存在,那气味,那热量。黑暗中小媛没有说话,有呼吸声。他摸到了库小媛伸过来的手,被她领着往前走了几步,在一个地方坐下来。我舅舅觉得大概是坐在一堆被单上面。

"你别说话,让我看着你。"库小媛低声说着。转头对着我舅舅。这个被服室里叠放着一层层的干净的被服,他们坐在上面就像是在一张沙发上一样舒适。我舅舅的眼睛已经适应了黑暗,看到了库小媛面对着他的脸,她的眼睛是那样妩媚、深情,好像连棕黄色的瞳仁都能看得清楚。那是一个多么幸福的时刻。

"你说以后我们真的可以在一起吗?我今天一直在想象着我们以后在一起的生活,但是不知怎么的,我怎么也想象不出来将来是什么样子的。"

"一定会的,我们都会平安回到国内的。我听说高炮部队再过些时间就要换防回国了,但是医院可能还会在这里。

我真的不想马上走,想和你在一起待着。"

"不,你不要主动留下来。你已经负伤过,已经为国家为党献出了鲜血,现在就按照部队的安排吧。不要为我担心,医院相对要安全一些,我会保护自己的。一想到你要回国了,我要和你分手了,真的心里难过呢。我还是那么害怕,怕我们以后不能在一起。"库小媛说着,突然全身颤抖,紧紧抱住了我舅舅,我舅舅能感觉到她的心急剧跳着。

"赵淮海,你以后会好好对我吗?答应我。"她哭泣着。

"一定会的,我们会永远在一起,不会分开的。"我舅舅抚摸着她的头发,安慰着。

"我多么想把什么都马上给你,现在就给。可是我是那么紧张害怕,你不会怪我吧?"库小媛说。

"不会的,我们这样就很好了。"我舅舅说。库小媛的紧张也传染了他,他们没有多说话,就这么靠在一起,我舅舅抱着她的肩膀,他们的脸贴在一起。

就在这时,被服室的门的司必录锁在轻轻转动。他们还没觉察到时,门突然被打开了,几支手电筒的强光照射进来。有人后来描述了手电筒光下当时我舅舅和库小媛相拥在一起的情景,他们的军衣都穿得整整齐齐,纽扣都还扣着。

我的舅舅和库小媛以为他们安排得很周密,其实医院里早就注意到他们的动向,在监视着他们。政工组长亲自来抓这个事情,现场的一支手电筒就是他的。

他们被分头带到不同的办公室,进行了谈话询问。

我是库小嫒。

可怕的预感都实现了,那三支强电光就是从那预感中照射出来的。这一刹那间,绝望像灰烬一样从我的头顶上落下来,我知道我的前途失去了,一切都失去了。但是这个时候我倒是镇静了下来。我认真想了一下,我并没有做错什么事情。我和赵淮海只是在谈谈心,和原护士长刘娟子不一样的。她是结过婚的人,而且她和人家的确发生过肉体关系。而我和赵淮海是清白的,我们只是在说说话,没有像他们所说的那三个字:"搞腐化"。

我不知道这回为什么政工组长亲自出面来查处我们。他们说这是在"抓斗私批修典型"。我一看见他不知为何就非常害怕,但是到了现在,我不害怕了。现在,就是他在跟我谈话询问。他让我一次又一次讲被服室里发生了什么,我都说了,他总是不满意。让我学习语录,一次次地念。他说第几页第几段,我不打开语录本就会背诵出来。谈话几小时后他让我写检讨书。政工组长对我说:你要是把事情交代清楚了,对错误认识态度好,我们争取从宽处理。我写了一次,他不满意,要重新写,要把经过写出来。我明白了,他想看到我和赵淮海发生了肉体关系的事。但是我已经明确告诉他,我们只是在谈心,我不会写那些没有发生过的事情,不会满足他的不健康的好奇心。他们一直把我关到了黎明前,最后还是护士长说情,让我回宿舍先睡一下觉。

一夜没睡,我的脑袋成了一团糨糊,像是唱机唱片坏了轨道一直不停打转重复着。我该怎么办?我想着赵淮海,不知他的情况怎么样,但是我是那么想念他,想去病房见他,和他在一起,但这是不可以做的,我强制自己不去见他。我回到了寝室里,爬到了我睡的上铺,盖起了被单想让自己睡一下觉。但是我根本睡不着,脑子里在翻腾着。怎么办?怎么办?有两个护士进来了,是沈秋华和李洪敏,她们没看见我在上铺,以为没人,在聊着天:

"已经通知了,今天晚上开批斗会。说是斗私批修现场会,实际上就是批斗库小媛和那个稀拉兵。"

"他们两个是搞腐化吗?"

"肯定是啦,要不躲在被服室里干什么?你知道吗?以前我们的护士长就是和她的一个男下属在被服室里搞腐化,被当场抓住,都没穿裤子。"

"库小媛也没穿裤子吗?"

"这个不知道。他们没说,反正在黑暗的被服室里不会有好事。"

"真不知道明天的批斗会是什么样子的。想想都觉得可怕,库小媛受得了吗?"

"我小时候在我的老家工厂里,看到过一个搞腐化的女人被剪了头发,站在台上挨批斗。"

"天哪,快别说了,想想都可怕,但愿他们不会这样对待小媛。"沈秋华和李洪敏说完了,关上门出去了。

我起先还没认识到事情会这么严重。沈秋华和李洪敏的话让我完全慌了。我竟然已经到了刘娟子护士长的地步?我想起了她那空洞绝望的眼神,想起告别时她的悲伤和无语。刚才沈秋华和李洪敏说的剪头发批斗的事情,我小时候在昆明也见过一次,我邻居的一个美丽女人被人剪了头发,挂了牌子批斗,脸上带着血印。想起这些我怕极了,我还想起了父母亲在个旧的锡矿劳动,他们都在盼望着我的进步,我是家庭的希望。要是我在部队被批斗了,对他们的打击该有多大!我坐了起来,想了许久。我已经不哭泣,我觉得还是应该去找医院领导谈一下,请求他们不要用这样的方法对待我。

我下了床,把衣服穿好了,又仔细给自己梳了头发。我的辫子是那么长,每一次梳头发都要花很多时间,但我还是舍不得剪。今天我把头发解开了,对着镜子慢慢梳,镜子里我的眼睛是空洞的,像一个看不见底的深井,我的眼圈肿成黑黑的,带着泪痕,我看着自己,嘴角带着一丝嘲笑。突然,我看见了自己的头发里有一根白头发,然后又看见了一根。不过我的头发是那么黑那么浓,几根白头发是看不出来的。我把辫子扎了起来,戴上了军帽,把衣服穿得整整齐齐,然后走出了寝室。

这一天天气好,也没有空袭警报,所以医院里就像个大花园一样漂亮。人们出来了,我要穿过一段路去找医院领导,这途中遇到了一拨拨的人,他们都用一种特别的眼光看着我。因为小径很窄,他们都停下脚步让我过去。我对他们微笑着,他们的反应都有点怪异,好像很可怜我的样子。我径直穿过了医院的园子,找到了领导。领导让我坐下来。

"听说今天晚上要开会批斗我?"我直接问院长。我觉得他是个好人。

"是啊,上面通知了。也不能说是批斗会,说是抓典型的大会。"

"我已经深刻检讨了,愿意接受任何处分,请你们不要开会批斗我可以吗?"我说。

"库小媛,听我说,你这事情是防区政工组长直接抓的,我们不好插手。"院长说。

"那我想要见政工组长,要和他谈一下。"我说。

"那好吧,我给他打电话。"院长让我等等,让通信员给我倒了一杯开水。他到隔壁的办公室打电话给防区政工组长。我喝了一点水,其实从昨晚到现在,我没有吃一点食物,没喝一口水。我只是感觉到想呕吐,恶心。我把水喝了。

院长告诉我,政工组长同意来见我,马上坐吉普车过来。

坐在屋内,能看见外面的情景。我看到吉普车到了。车门打开,政工组长轻捷地从车上跳下来,手里夹着一个卷宗文件夹,阳光照在他的身上,然后他进来了,坐在了我的对面。

我从来没有像现在这样清楚地观察和打量一个人。他是一个十分英俊的军人,军装穿得特别整洁,一丝不苟,他的胡子刮得是那么仔细,只留下皮肤的青色。他先不看我,看着摊在桌上的材料。我发现了其实他的眼圈也有一圈黑晕,当他抬起眼睛看我时,没有想到我的眼睛正视着他,在一刹那间我看见了他的眼神有点慌乱,躲避了我的眼神。他本来以为我的眼神都是避着他的。但是很快他就掌握了主动,严厉地看着我,我知道他掌握着我的命运,他的一丝怜悯都能帮我躲过这一次重大的命运打击。

"你要见我,还有什么事情要交代吗?"政工组长说。

"首长,听说今天晚上要开大会批斗我和赵淮海?"我说。

"一点没错,准确地说,是叫斗私批修抓典型现场会。"

"首长,我昨夜已经写了深刻的检讨书,认识到了错误,而且我愿意接受组织上的任何处分。但是希望不要被批斗,你知道对于一个年轻的女兵这样的批斗意味着什么,我会被毁灭的。"

"这是在挽救你,让你的灵魂深处爆发革命,不要滑到资产阶级的深渊泥潭。我看你的档案,发现了新的证据。你的家庭原来是资本家出身,毫无疑问,这是阶级的烙印。世上决没有无缘无故的爱,也没有无缘无故的恨。"

"首长,你真的不能给我一次改正错误的机会了吗?"我说。

"不,这样的一次斗争对你来说是必要的,必须触动灵魂,在灵魂深处爆发出大革命。"

我没有再要求他什么。我安静了下来,离开了医院办公室,回到了自己的寝室。护士长给我端来一份饭菜,让我吃下去。我答应了她,说等一下我会吃的。可是她走了之后,我一点都不想吃。

我坐在窗边,感觉到时间在过去,那个可怕的时间正在临近,太阳一下山,批斗会就要开始。我就要站在台上面,像以前刘娟子护士长那样受辱,接下来还有处分。突然我还想到,他们会不会把我开除军籍送回家里?我的心在狂乱地跳着,我觉得自己像是一架开得太快要散架的机器。不,我绝不能接受那样的羞辱,我要躲避一下。

我要去哪里呢？这个医院里任何地方我都藏不住的。好吧，我就到山里的树林里躲避一下吧，我实在不能忍受被批斗的羞辱。太阳马上下山了，再过一些时候寝室里就有人来，我就走不了了。我穿起了解放鞋，偷偷走出了寝室，但是我突然害怕起来，山上有野兽有坏人怎么办？我这个时候想起了自己一定要带着防身的武器。隔壁就是枪械室，那里有班用机枪、半自动步枪，我的那一支五六式冲锋枪就放在那里。这是我的枪，从当新兵时就跟着我，我还是个射击能手呢，实弹打靶取得过五发子弹四十六环的优秀成绩。好吧，我就带上我的冲锋枪吧。我走进了枪械室，操起了我那支冲锋枪走出来。这个时候我就觉得自己这样做好像有点问题，但是箭已经在弦上，顾不得许多了，我不能拿着枪磨磨蹭蹭大摇大摆在医院里走。我钻进了路边树林里，朝着太阳正落在山后的对面山头跑去，我一下子就消失在了丛林里。

五

这个晚上医院的操场上，挂起了一个横幅："斗私批修抓典型现场会"。台上面摆了一些座位，是领导坐的，下面是医院的工作人员坐的。政工组长主持现场会，防区的其他领导也来了几个，其中就有龙大爷。龙大爷知道是我舅舅赵淮海犯下了事,心里一沉。他知道赵淮海是他的老战友赵炎的儿子,不过听了情况介绍后心里踏实了,这无非是和女兵搞恋爱,过去延安还不都是这样的?这种事情批评教育一下就好了嘛,还瞎扯淡开什么批斗会呢!但他那时已经知道国内已经有人在造他的反,所以他有点自身难保,无法出面为我舅舅说说话。他决定来参加批斗会,看看会发生什么情况。

人都坐满了,就等着带我舅舅和库小媛上台来。但是突然有人上来对着政工组长耳语,说库小媛不见了。政工组长脸色一沉,让他们快去找来。又过了一阵子,有人慌慌张张报告,说枪械室里的一支五六式冲锋枪不见了,很可能是被库小媛带走了。气氛一下子紧张了起来。政工组长显然没有遇到过这样的情况,一下子傻眼了。龙大爷脸色一沉,放了一句话:都他娘开什么批斗会,把个女孩子逼急了。

军人携枪私自出走是一件十分严重和危险的事情,部队马上进入高级戒备状态。在以往,有过军人思想想不通了,带着武器袭击部队里的人。部队马上加强了岗哨,开始了搜寻库小媛的行动。路上设卡,派出部队搜山。整个防区都被这件事震动。我后来看到一名曾在防区指挥部工作的老兵回忆道:"有一天,接到紧急电话通知,大致内容是有一女兵持一冲锋枪逃走。逃走方向有两个,一是国外湄公河对岸,一个是国内。电话指示沿途各兵站、医院如果发现可疑人员要立即扣留并向指挥部报告。是我亲手抄写的电话通知,当时感觉一定出了大事。没几天传来消息,说野战医院一女兵因感情恋爱问题受到处理,当天夜里,盗走一支冲锋枪逃出医院。这件事让沿路各单位紧张了好长一段时间。"

现在得回来说说这个事件的另一个当事人我舅舅赵淮海。

我舅舅被"抓获"之后,被带到另一个屋子里谈话。他起初的反应是北京部队大院子弟那种满不在乎的态度,他觉得这有什么好查的,不就是谈恋爱吗?他可以正式宣布他和小媛的恋爱关系,这没什么不好的,红军长征的时候不是有很多革命情侣吗?马克思不是有一个燕妮吗?我们还学习马克思和燕妮的通信呢。他觉得政工组长偷偷地抓这些事情很可笑,但是,他很快想到了库小媛,知道自己给她带来了麻烦,为此他开始担心,态度变得好起来。在接下来的谈话里,他的认错态度都很好,把所有事情都揽到自己头上。他希望这样做能为库小媛减轻点压力。所以一整天,他都在写检讨书。他很惦记库小媛,不知她是什么情况。他没看见她上班。他想去找,但是怕这个时候去找她会更加麻烦。

下午的时候,他获得通知,说晚上要开会,他要在会上做检查。他也答应了下来。他都想好了,在会上做检查就把所有的责任揽到自己头上。他心底里一阵阵说不出的难受,知道是自己给库小媛带来了这样一个难堪的时刻。库小媛一直要求进步,这样的打击对她实在太大了。

晚上,他早早就到了会场,看着领导陆续来了,开会的人也渐渐多了起来。他低着头在看红色的语录本,表现出很认真的悔过自新的样子。他急切等着库小媛的到来,想看看她是什么样的状况。但是他慢慢感觉到有什么不对,库小媛一直没有出现。他看到有人过来对政工组长耳语,不久之后会场就乱了,要赶紧疏散,因为库小媛携带一支冲锋枪出走了。我舅舅的脑子轰的一下就炸了。

我舅舅心里刀割般自责、难受。他设想过很多库小媛会出现的反应,但万万没有想到她会走上这一步。他虽然是新兵,但过去在军队大院里听说过军人携带枪支出逃的案例,知道这是非常严重的政治事件。现在,库小媛也携枪出走了。我舅舅这个时候才知道自己闯下了大祸。

部队动员了起来,加强了戒备和岗哨。道路上设了检查的哨卡,组织了大批人员全副武装进山里搜查。我舅舅要求自己也参加搜寻的队伍,但是被禁止了。那时我舅舅还在病房里,他看着外面的山林,好几次想不顾一切地跑出来,自己去寻找库小媛,但是他发现已经有哨兵在窗外守护,并监视着他的举动,他走不了的。

第二天的下午,突然见政工组长的吉普车疾驶而来。政工组长跳下车,走进了屋子,对着我舅舅说:"你快坦白,库小媛是不是逃到了苏修的导弹营去了?"

"你说什么?"我舅舅一阵喜悦,他产生了一个错觉,"你们在苏联人那里找到库小媛了?"我舅舅掠过一丝希望。

"没有,我们查遍了山上所有的地方,都没有她的踪迹。我们经过分析,你之前和苏联军官有可疑的联系,所以判断库小媛是你指使投奔苏修了。"

"首长同志,你的想象力太丰富了。居然把我当成了苏联特务。"我舅舅回答。他一阵失望,原来他们并没有库小媛的下落。要是她真的到了苏修的部队对他来说倒是好消息。我舅舅想起了在大串联期间,他们批斗了很多的老师,说他们是美帝国主义、苏修特务。现在他自己也沾上苏修特务嫌疑,这让他明白以前的那些行为是那么幼稚可笑。

两天之后,我舅舅的监视取消了,恢复了自由。龙大爷查了一下,苏联的那个导弹营三个月前就撤走了,早就无影无踪,政工组长的猜想成了笑话。龙大爷发了火,对着政工组长拍了桌子,这才放过了我舅舅。也就是这一天,马金朝来到了医院,说已经得到上级同意,接他回到了老连队。

第 九 章

一

我是库小媛。

快跑！快跑！我心里对着自己一个劲地催促着。我怕他们找不到我,会派人来追我。我绝不能让他们找到我,把我放在台上批斗！快跑！快跑！我跑了一阵子,路就没有了,我钻进了密林里面,密林里有很多荆棘树,我的脸上一定划破了,湿漉漉的,流到嘴唇里咸滋滋的。我用冲锋枪拨开了树枝,一步步对着山顶方向前行着。当我穿过了这片荆棘林子,看见了月光下有一条被人踩踏过的小路。那是我熟悉的小路,过去的事情在我脑子里都浮现出来了。

两年之前的一天,外苏河谷一带热带雨林一反往日的宁静,一队军车驶入并缓慢地停了下来,人们从军车上跳了下来。有男的、女的、戴眼镜的、扎辫子的、年轻的、年长的。他们正在卸车,有帐篷、床板、炊事用具、医疗设备和用品。他们是中国人民解放军某野战医院3所的医务人员,奉军委的命令来越南执行援越抗美医疗保障任务。现在,他们就要在这渺无人烟的热带雨林中安营扎寨。他们搭好帐篷,放下床板,挖灶点火,开始在这里扎下了根。热带雨林中,走来几位小女兵。她们身着白衬衣,灰裤子。她们背着枪,拿着砍刀,向密林深处走去。她们要去砍伐木材和竹子,用于修建野战医疗所。我就是这里面的一个。我们上山砍竹子用于建营房。我们扎紧了袖口和裤脚,涂上防蚂蟥的药,就上山了。山上哪有路啊!我们只好边走边开路,好在这里竹子非常多,没有走多远就可以砍了。以前,我们没有砍过东西,不会使刀子。真难砍,我们使劲砍,手磨出了血泡,好疼!我们拖着砍来的竹子朝营区走去。天哪!这路可真难走,磕磕绊绊,有时差点滑下山崖,好险啊!哎呀!你看,那是什么?是一条大花蛇,我挥打着竹子,把它吓跑了。脚下又是什么,软软的,滑滑的,是蚂蟥?幸好我扎紧了裤脚,找根树枝把蚂蟥刮下了。鞋子上面又沾了几只黄蚂蚁,被这种蚂蚁蜇了会很疼,皮肤还会红肿。好不容易回到了营区,我的衬衣全被汗水打湿了。夜晚,我们在马灯下学习。马灯,这个在国内已经淘汰的照明设备,在这里却成了主要照明工具。我们在马灯下收听国内的新闻广播,学习毛主席著作,领导安排第二天的工作。晚上,我躺在床上,突然很想在云南个旧的家,想爸爸妈妈和兄弟姐妹!我的眼泪不知不觉地流了下来。

经过一个月的辛苦劳动,野战医院终于盖好了。我们的工作首先要学习挑水,病区的水全靠我们的肩膀来挑。以前在家的时候我从来没有挑过水,扁担放在肩膀上会滑落。挑满一担水爬山,我步履蹒跚,喘不过气来,只好半桶半桶地挑。但我很快就学会挑水上山,这可是我克服的第一个大困难。紧接着外苏河防区来了大部队,一边修理维护铁路,一边打击美军的空袭。战斗是那么激烈残酷,伤病员陆陆续续地住了进来。在国内时我的病人都是生病或者事故受伤,但是这里整天都要面对血肉模糊的战斗外伤。受伤的战友和我们一样,远离亲人,远离家乡,到越南执行战斗任务。现在,他们受伤了,我们就应该是他们的亲人。我们为伤病员喂水喂饭、打针换药、洗脸洗手、处理大小便。在漆黑的夜晚,我会提着小马灯,每隔三个小时巡查一次病区,观察他们的伤势病情变化,为他们拉好被子,掖好蚊帐。我们彼此建立了深厚的革命感情。这些兵哥哥在病情好转后,会主动帮助我们做事情,比如打扫卫生啦、挑水啦等等。看着他们痊愈出院是我们最高兴的事情。

去年的雨季,雨下得非常大,外苏河河水暴涨,洪水以很快速度淹没了我们的医院。我们紧急行动起来,迅速把伤病员和贵重医疗器械转移到山上。暴雨不停地下,我们在雨中奋力拼搏!上山的路口被水淹没了,路变得非常泥泞,许多同志在这里滑倒了。我赶快走到路口,把我的腿伸到路口中,给上山的同志们做一个记号,让他们踩着我的脚,我用双手扶着他们,把他们安安稳稳推了上去。我们战胜了洪水。在这次抗洪战斗结束后,我因为表现突出,荣立了三等功!我好高兴,在医院里立功很不容易,我做到了,我真棒!我的立功喜报寄回家,可把爸爸妈妈高兴坏了,爸爸向他的朋友不停地夸我,小媛在部队立功了,她是个好孩子!是我们家的骄傲!

可是此刻,我犯了大错误,要被开大会批斗。这是一个多么大的转变啊!我的心里难过极了,我一边在哭泣,一边在往山上跑。我跑不动了,坐了下来,抱着头大哭着。我哭了好久,哭过之后,我的心不再狂跳,我的脑子里的狂乱的马达不再突突响了。我突然发现自己做错了事情,我吓出了一身冷汗,天哪!你做了什么?我问自己。

四周是那么黑暗,但是我能看到山下医院营区的灯光。我开始想到,自己这样逃离批斗只会招来更加严重的后果。我开始犹豫了,是不是要回到医院去?而这个时候,我开始发现自己一个更加严重的错误,我是带了冲锋枪出来的。我当时只是想到要防野兽和坏人,随手就带了武器出来。但是现在我想起来了,如果他们发现我是带了冲锋枪出走,那么错误的性质就发生变化了。三年前的一个夜里,医院里半夜送来了一批枪伤的伤员,原来是一个士兵和连长发生冲突,开枪扫射了连队里的战友。就是那一次,我听说了军人持枪外逃就是敌我矛盾,就是"反革命分子"了。我越想越怕,越想越后悔。我决定快点回医院去,也许医院里的人还没发现我带了枪支跑出来,那样我就可以悄悄地把枪放回去。我开始下山,这个时候,我发现医院里有很多手电筒的灯光在闪动,手电筒的灯光开始往我这边的山上移动。我明白了,肯定批斗我的人知道我跑了,开始上山来找我。我知道我这下闯了大祸了。

我心里很害怕,但是看到部队的人上山来寻找我,也让我感到宽慰。我决定下山,对着山下那些手电筒灯光走去。但就在这个时候,我听到了他们在用喇叭对着山上喊着。起初因为风向关系,听不大清楚。很快,我清楚听到了喇叭的喊话,还听出了是政工组长的声音,他亲自在喊:

"库小媛!你被包围了。你马上放下武器投降,争取宽大处理。"

在寂静的山林里,政工组长的喊话声显得那么清楚,还在山谷里回荡着。我简直难以相信事情会变成这个样子。紧接着我听到政工组长在喊着:

"库小媛!你不要与人民为敌!如果你负隅顽抗,只有被消灭的下场。"

我难以相信自己的耳朵,我的部队的领导会这样对待我。如果这个时候我听到一声他们说要我回去,会给我一个改正错误的机会,那么我是会下山回到医院去的。但是,我听到了这样的喊话,心里害怕极了,觉得事情已经到了不可收拾的局面。我改了主意,决定不下山,我掉过头,背着冲锋枪,继续向山林高处爬去。

我一口气又爬了好远,直到听不到那山下政工组长的喊话,因为那喊话像刀子一样刺进了我的心,我不想听到它们。我到了很高的地方停下来,看着下面的手电筒灯光在游移着,没有再往更高处上升。此时,我一方面害怕他们接近,一方面又渴望他们继续寻找我。然而,我看到手电灯光渐渐没有了,他们回去了。绝望的情绪笼罩在我身上,我知道我的部队已经放弃我了,搜山的人都回去睡觉了。

"我该怎么办?我该怎么办?"我的脑子里再一次像是装了马达一样哒哒地响着,我知道自己的精神状态已经接近崩溃的边缘,我得冷静下来。我坐在一块岩石上,让自己做深呼吸,让脉搏慢下来,这样脑子才会清醒过来。我脑子里开始出现赵淮海。自从傍晚我跑出医院之后,我一直都没有想到他。这个时候我开始想念他。有一个想法在我的心里萌生了起来,让我感到了安慰,我觉得赵淮海会来找我的。我多么想听到他喊我的声音啊!只要是他来找我,听到他对我说话,不管我回去受到如何处理,我都会立即跟着他回去的。漆黑的夜里,这一个希望支撑着我的精神。我靠在这块岩石上,有好几次困得睡着了,我就像是卖火柴的女孩看见圣诞老人一样,看见了赵淮海向着我走来,但是我马上惊醒了,发现自己依然是在山野里。毒虫蚊子成群地叮咬着我。我是那么痛苦,只等着黑夜快点过去。后来,我昏睡了过去,有一段时间,我睡得很深沉,我开始做一个很清晰的梦,我梦见了我的爸爸妈妈领着我的兄弟姐妹,在一个光秃秃的树林里寻找我。我听到了他们无声的哭泣,我心里太难过了,醒了过来。此时,我是多么想念着我的爸爸妈妈兄弟姐妹。我心里非常内疚,觉得太对不起他们了。黎明之前,我又一次昏睡了过去。

我不知道昏睡了多久,蓦地惊醒过来,是强烈的太阳光把我晒醒的。我的第一个知觉就是干渴极了,在昏睡的噩梦里我也一直在找水喝。我的心房急剧跳动,可是却没有力气站起身来。我知道自己是医学意义上的脱水了,可是这个山坡上是没有水的。树木很矮,挡不住太阳,我处于暴晒之中。我挣扎着站了起来,想去找水喝,也许我得走到山背那边才有水源,我走了两步就跌倒了,我只能在地上慢慢爬行着。我看到附近有一条蛇也在爬行着,我的心里出现了一个想法:我现在已经变得像一条蛇一样了,我现在究竟是要去哪里呢?我的前方始终是强烈的金黄色光芒,那是远方的群山,而再远一点的地方有一片黑暗,正在变得越来越深,它让我觉得那是一个终点。我的头脑因为干渴火辣辣发烧,我不知道前方到底有没有水源。

我爬出了一段路程,突然害怕地看到,在距离我不到一百米的地方,有十几个端着冲锋枪的战士在树丛里出现。在一刹那的时间里,我说不出是害怕还是惊喜。我第一个念头是想赵淮海带人来找我了,就像昨天夜里所想的。我在草丛里观察着他们,我没有看到赵淮海。但这也没关系,我相信他们是来寻找我的。这个时候,我多么希望听到他们喊话:"库小媛,你回来吧。大家都在找你呢。战友们等着你回来!"我紧张地等待着,如果听到这样的话语,我就决定跟着他们下山。他们开始都没有喊话。但突然间,我听到他们喊话了。

"库小媛!你被包围了。你马上放下武器投降,争取宽大处理。"

"库小媛！你不要与人民为敌！如果你负隅顽抗，只有被消灭的下场。"

我多么难受和失望,我听到了和昨天夜里政工组长一模一样的喊话。这次是一个四川口音的人在喊,好像他只是按照事先规定好的句子在喊话。我的心里立刻升上一团绝望。我决定不回答他们,一声不响地埋伏在草丛里。过了一会儿,他们消失在小径的尽头,我看不见他们了。

我知道我的最后机会失去了。一切都宁静了下来,我想哭,但是身体内已经没有水分,没有眼泪。我像一片菜叶一样在太阳下暴晒着,在痛苦的梦境中静静躺着。干渴的感觉似乎已经脱离了我,待在一边,成了独立的物体。我又落入了昏睡状态,但是无法真的睡着,因为干渴一直在生气,像一个不安分的小孩子在哭闹。我一次次对着干渴轻轻地说:对不起,都是我不好,不过很快都会过去的。

我一直昏睡到了太阳西下,苏醒了过来。我发现身边有什么东西在闪着亮光,仔细看,原来是我的冲锋枪反射着落日的光辉。我伸出了颤抖着的手,摸索着把枪拿到身边来,冲锋枪被太阳晒得滚烫。我把枪抱在怀里,心里感到了一丝慰藉。这支枪跟了我好多年,虽然我是个护士,不每天扛枪放哨,只有每年打靶时才会操练一段时间。但枪是军人的标志,我一直非常喜欢它,每个星期六车炮场日都会把枪擦得一尘不染发着亮光。此时我的脑子处于高烧幻觉中,感到周围的每一个物体都有了生命,会和我说话。和干渴一样,枪也成了独立的一个物体,它轻轻推着我,要我从昏睡中醒过来。我对枪说着:都是我不好,我不应该带着你出来,现在你和我一样都回不去了。枪对我说:不,我们回去吧。你不能在这里的,你会死在这里,你要活下去。我要保护你回去。我说:我实在没有力气了,我已经渴得走不动了。枪对我说:那我先回去报信,你在这里不要动,我去叫人回来救你。我觉得这是个好办法,就同意了。然后我看到了枪像一个人一样和我告别,慢慢地走下山去。我又昏睡了过去,昏睡中我在等待。我在这个昏迷的梦里面又套了一个梦,梦见枪变成一个戴着草帽的人在下山的路上走着走着。

　　太阳下山之后我醒来。这一次的苏醒我是彻底清醒了,昏睡中下山去了的冲锋枪还紧紧抱在我的怀里。我看着天空,心里特别安静。这个时候我已经特别虚弱,已经处于死亡的边缘。趁着还能够思想,我要把目前的处境再冷静思考一下,做出决断。怎么办?怎么办?我尝试设想一下自己下山回到医院的情景,但是马上有种种极为可怕的画面在脑子里闪回:我被遣送回了家乡,我挂上了反革命的牌子,名字上面还打上了红叉叉,在台上被人抓着头发批斗,我被剪了头发游街,路边的人朝我投来石头,我的头上淌着血。不!……我歇斯底里地尖声喊叫起来,群山回响着,之后,一切又恢复了平静。这个时候,我知道我不需要再去想了,只是静静地等待着。我看到了我周围有几棵枯干的树,上面已经站着好几只巨大的黑乌鸦,天空上还盘旋着几只老鹰。我明白它们已经闻到了我死亡的气息,听说乌鸦最喜欢啄食死人的眼睛,但是我已经不害怕了。天慢慢黑了下来,我能感觉到附近的树丛中有野狼在走动,它们在跟踪我,很快就会钻出来咬啮我的身体。现在一切都已经注定了,我得走了,不能让自己活生生遭受鸟兽动物的羞辱。爸爸妈妈请原谅女儿不能为你们尽孝了!战友们,我们来世仍然做好战友!作为一名女兵,我死也要死得有尊严。赵淮海,我是多么喜欢你,但是我不能和你在一起了。我和你说过等战争结束了我回国之后会去找你,和你在一起,但是我做不到了。我无力地躺在地上,当我听到野狼的嚎叫声越来越近时,我把冲锋枪口抵住了下巴,手握着枪身,用脚指头扣响了扳机。轰的一响,一道闪电穿过了我的头颅,我感觉到我的上方有一个明亮的窗口打开了,我知道我死了。我再也不觉得干渴的痛苦,灵魂脱离我的身体,从这个明亮窗口升向天空。然后,我俯视地面,冷冷地看着发生的一切。我看见野狼在撕咬我的遗体,乌鸦和兀鹰啄食我的眼睛,好在我已经死了,没感觉到疼痛。我在空中飘浮着。我看见许多人在寻找我,他们喊着我的名字,进行地毯式搜索。我终于听到他们在喊:"库小媛,你回来吧。大家都在找你呢,战友们等着你回来!"说真的,我后悔离开了战友们,但是,现在一切已经来不及,我已经不在人间了。

二

部队还在寻找失踪的库小媛,这边美国鬼子又开始轰炸了。

外苏河车站在这一段时间,大桥和铁路编组站都已经抢修好。上级命令要保住成果,保障铁路运输畅通。高炮师的参谋部经过研究,提出了高炮"上刺刀""钉子阵地"打伏击战的战术方案。这话听起来有点难懂,高炮怎能拼刺刀呢?当然能了。要是说起来,这种战术还是高炮61师在朝鲜战场上摸索出来的呢。从技术上说,高炮部队射击是在敌机方向、高低、距离三个参数不断变化下平稳跟踪,然后经过一系列计算求取提前点位置,火炮向提前点射击,使炮弹与敌机在提前点会合,达到杀伤敌机的目的。指挥仪跟踪敌机时,三个参数变化是否平稳是射击准确度的关键。"钉子阵地"就是在敌机来袭航路上埋伏火炮阵地,使目标来袭时直行接近,在方向上基本不动，这样减少了一个变量，使指挥仪计算程序简化、计算时间缩短，大大提高了火炮射击精度。但它也冒着巨大的风险，因为对敌机来说高炮阵地和轰炸目标在同一条直线上，不需要改变飞行参数就可直接攻击高炮阵地。这就好像是战场上的肉搏战，枪对枪，炮对炮，刺刀对刺刀，所以有了"钉子阵地"这个名称。

师长决定让六连上。马金朝的班被选中在最中心的位置，开始进入阵地。我舅舅被马金朝接回连队之后，他的伤势还没完全恢复，连队里不让他直接参加战斗，让他在掩体里准备弹药，当预备瞄准手。

阵地已经准备好，伪装得非常逼真，弹药备得很充足，而且工事挖得很深。现在，阵地在静静等待着。

我舅舅一直不停地工作，只要工作一停下来，内心的痛苦就马上涌了上来。这一天，已经是库小媛出走的第七天，还是毫无她的消息。他望着群山，相信库小媛就在山林里面。有很多次，在恍惚之中，他意识里出现了库小媛在山林里行走的影像，她在往一个很高的山峰上攀爬。我舅舅拼命地呼喊着她，她好像听到了，回过头看了一下，但是，她没有停下来，还在继续往上爬，在树林里消失了。

"马班长，你说她现在会在哪里呢？"我舅舅说。他抽着烟，现在他烟抽得很厉害，一根接一根。

"说实话，我想不出来她现在是在哪里。她失踪之后，连队里的人不论认识不认识的都感到难过,因为她是个女兵护士。部队那么多男兵,没有保护好一个女兵。她是个好姑娘。"老马说。他上回腿部受伤住在野战医院,库小媛对他是那么好,让他忘不了。

"不过你要有思想准备,她失踪七天了,还没有消息,看来是凶多吉少了。"老马说。

"都是我害了她。想想她在受苦受难,而我还这样活着,真的是不公平。"我舅舅说。

"别这么想,这么说吧,这人嘛都是有自己的命的。你呀,就是一个不一样的人。要是我们这些农村里出来的没什么背景的兵,哪里会有什么护士注意到我们呢?要说起来,还是你的高干子弟背景害人。我们小时候过年偶尔也可以到镇上看看古戏,那些个小姐总是看上了读书人,王孙公子,没有看上一个种田人的。"

"我的心里是那么难受,只有战斗才能让我忘记内心的痛苦。班长,我身体已经恢复了,可以参加战斗了。请你让我直接上阵地吧。"我舅舅说。

"好吧,你就直接上火炮当瞄准手吧。不过不要心急,这仗有得打呢。"老马说。

"说得也是,我看按这样打下去,伤亡那么大,没几个人能回得了家呢。"我舅舅说。他这句话真是一语成谶。

我舅舅和老马还在说着话,战斗警报响了。前方报来,敌机群呈梯队已向外苏河防区飞来。

第一梯队的敌机来了。敌人对外苏河的地形已经非常熟悉,立即从两个山峰之间的峡谷对着目标俯冲。而这一回,马金朝的高炮正埋伏在这条俯冲线路上,敌机等于把肚皮亮给了地面的高炮。敌机飞来时,我舅舅盯着瞄准镜,紧跟着提高仰角。老马红旗一举,炮弹喷火而出,只听得一声巨响,敌机在空中开花了。这个时候敌机的第二梯队已经逼近,没有反应过来底下有埋伏,还是直线冲了过来。老马红旗一举,又干掉了一架 F-105 鬼怪式。

"妈的,这个战术太成功了!"老马想,心里惊讶。

紧接着又看到一架敌机按照前面几架的飞机同样线路飞来。老马想今天至少能揍下三架了。他把红旗拿在手里,只等着敌机到了炮火瞄准区就把旗举起来。敌机冲到跟前,老马正要举旗,但只见敌机突然直线拉高,箭一样射向了天空。他还没明白过来,只见空中有一群黑色乌鸦一样的东西对着阵地落下来。炸弹!快隐蔽!老马大喊一声,明白了敌机已经识破了他们的战术,把所有的炸弹提前投向地面高炮阵地,然后拉高逃逸。说时迟那时快,老马话音刚落,敌机投下的炸弹猛烈地直接砸向了阵地,有子母弹、爆破弹、气浪弹,一下子把阵地上的火炮炸翻了。我舅舅的太阳穴中了一颗钢珠弹,脑部穿透性损伤,胸部也中了一块十几厘米长的弹片,当场牺牲了。老马的左眼睛里进了一颗钢珠,但是他没死,短暂的休克之后,他醒了过来,爬行数米,看到我舅舅趴在侧翻过去的炮身上。他翻过我舅舅的身体,看到他已经没有呼吸了。

我舅舅的遗体被运到了野战医院。野战医院的女兵们都还在为库小媛失踪一个星期没消息发愁,这边却见库小媛的恋爱者我舅舅光荣牺牲了。我舅舅在野战医院住的这段时间,几乎所有的女兵都喜欢他的开朗调皮的性格,也对他的高干子弟北京红卫兵身份特别羡慕。当他牺牲之后,女兵们一个个都哭得特别厉害。按通常做法,已经牺牲的战士遗体是不会送到野战医院的,但女兵们坚持要把我舅舅带回医院,给他做遗体整理。她们是库小媛的战友,要为库小媛心爱的人做最后的护理。她们用清水轻轻擦去我舅舅脸上的血迹尘土硝烟,我舅舅的眼睛是睁开着的,他是在瞭望着天空敌机时死去。女兵们看到我舅舅有高高的鼻梁,略微隆起的眉骨,眼睛有点沉陷,很像那些石膏雕像里的古代罗马斗士。她们把舅舅当成了一个还活着的伤员,每一个动作都做得轻轻的,生怕他会感到疼痛。后来,她们剪开了他沾满鲜血的衣服,给他擦拭身体。这个时候发现我舅舅的上衣口袋里有一条被血染红的手帕,上面绣着库小媛的名字,边上则有用笔写的赵淮海名字。那条手帕就是我舅舅去越南南方之前和库小媛告别时库小媛送他的。我舅舅在越南南方最困难的时候,就会拿出手帕闻上面的气味,有时夜里边也会闻着手帕,觉得她就在身边一样。在几天之前,也就是在库小媛失踪之后,我舅舅用钢笔在手帕上绣有库小媛名字的边上写上了自己的名字。这样的行为,好像预示着自己将要随她而去。女兵们看到这手帕都哭成了一团。护士长悄悄地把这条手帕放回我舅舅新换的衣服口袋里,随他装进了棺木。她告诉女兵不要说出去,怕政工组长知道了会把手帕拿走。

我舅舅被埋在烈士陵园,那里已经有一百八十多个坟墓。我舅舅荣立了二等功,他的事迹后来由战友沈士翔巡回宣讲,他的那些诗歌作为革命烈士诗抄在入越参战部队官兵中广泛流传。但是,关于他内心巨大的痛苦,却被人们忽略了,差点被彻底地遗忘。

三

库小媛失踪二十天之后,有当地老百姓反映,在对面的山坡上有很多乌鸦在同一个地方飞起飞落,像是在啄食什么东西。部队接报后派队伍去搜寻,终于在距离医院约四公里处的山梁上发现了库小媛。她的遗体惨不忍睹,已经被鸟类和兽类啃啮啄食得只剩下一副骨架子,没办法辨认。唯一能证明身份的是那支冲锋枪。她的头骨上前后有贯穿性的弹孔。分析的结果库小媛是这样结束了自己的生命:她用两只脚夹住枪柄,用脚拇指扣动扳机,一颗子弹从下颌打进去,从后脑穿出去。

这部小说里,我写了那么多年轻战士的牺牲,只有写库小媛之死时心里特别沉重,因为她是死于自己之手。有很长时间,我都觉得库小媛为了这么一件小事而持枪出走最后自杀是一件幼稚轻率的决定。然而经过了这么长时间的写作过程,库小媛的形象每天在我心里活动着,我慢慢明白了她是一个什么样的人。我和她一起在那个烈日暴晒的山野里经受干渴和内心剧烈的思想斗争之后,我终于明白她的决断是经过深思熟虑的。如果她下山来,那时的处置一定是被开除军籍。对于她这样敏感而高傲的女孩来说,今后相当长的日子一定会生不如死。所以,到最后我终于理解了她内心的痛苦、无助和别无选择。我沉重的另一个原因是库小媛是因为我的舅舅而死的。马金朝和我舅舅上面的对话里把事情说穿了:是我舅舅的高干子弟的光环背景害人,他和库小媛某种程度上是"英雄和美人"的传说故事。我现在想,如果我舅舅后来活了下去,那么他的一生灵魂一定会一直受到拷问,会永不安宁,因为他是一个爱思想、执着于探求真理真相的"小哲人"。我舅舅几乎在库小媛蒙难的同时,和美国鬼子战死了,这或许是上帝给他的一种解脱。

政工组长亲自到了发现库小媛尸体的现场。他的心灵这一回受到了震撼。就在不久之前,他把赵淮海和库小媛这两个战士当成了斗私批修的活教材,而仅仅是过了几个星期,赵淮海英勇牺牲,库小媛成了这样的一具骷髅。这个案子是他抓的，现在还得继续抓下去，因为要对库小嫒的自杀事件定案。按照军队的管理和处置条例，凡持枪擅自外逃的，都属于叛变行为。所以，库小嫒的自杀案件只能定性为"叛变"，也就是说，库小嫒是叛徒。政工组长向国内的上一级政治部做了汇报。几天之后，上面就批复了，同意作为叛变事件处理。

库小嫒的埋葬地方成了一个问题，因为她被定性为"叛徒"，是不能埋葬在革命烈士陵园的。最后，医院的人在野战医院外边的公路旁一个向阳的山坡上，把库小嫒的遗体掩埋了。只有一个小小的隆起的土坟包，没有墓碑，没有标志。

几天之后，政工组长听到了汇报，说库小嫒的那个土坟包上有很多束野花。政工组长让手下人快去清理掉。但第二天，通信员来说，今天坟包上的野花束更多了。政工组长一听，这还得了，叛徒的坟墓上怎么可以献花，分明是没有立场，他决定自己亲自去一趟现场。他到了那个坡地的时候，果然，看到路边停着一辆解放牌130牵引车，有个战士正拿着一束野花往库小嫒的坟墓上走。他走上前问道：哪个单位的？那个战士没理会他，钻进了驾驶室，一踩油门走了。

政工组长这天闷闷不乐回到了营地。正好部队的邮车过来了，有他的一个包裹。他从笔迹和地址看，知道是妻子江雪霖寄来的。他把包裹打开了，里面有两条绸子做的短裤，还有一包上海产的巧克力糖。

细心一点的读者看到这里，应该会知道这位政工组长就是我上面写到的江雪霖老师的丈夫甄闻达。读者不要以为我是故意在这里制造一个悬念，事实上，我是在了解了很多政工组长和我舅舅之间的事情之后，才偶然在网络上看到政工组长原来就是江雪霖老师苦苦等待的甄闻达的。起初，我很受震惊，完全没有想到这两个表现完全不同的人物会是同一个人。后来我经过了很久的思索，又联系到政工组长甄闻达最后所做的事情，找到了这个人物的内心历程和脉络。

甄闻达牺牲的时候，已经不再担任政工组长，而是下到了前线部队，挂职任营教导员。我了解到这期间外苏河防区的指挥部领导开过一次碰头会。这个会上，龙长春龙大爷不再明哲保身，公开斥责了政工组长甄闻达粗暴的思想政治工作作风，把本来一个小小的人民内部矛盾激化成一件严重政治事故，逼死了一个单纯幼稚的女兵。其他的领导也站了出来，指出了政工组长搞的"红海洋"缺乏军事常识，暴露阵地目标，造成了不必要的伤亡。这个会议之后，甄闻达离开了指挥部，下到了前线部队。他去了战斗非常激烈的太原钢铁厂防区高炮部队。

现在已经很难了解甄闻达当时内心复杂的思想动态了。有一点应该是可以肯定的，当他面对着库小媛自杀现场那惨不忍睹的场面，他能知道这一个结果是他一手造成的。这个女兵并没有如他所想象的去投奔敌人，而是走投无路自杀了。就在这个时候，他接到了妻子从国内寄来的包裹，看到充满了资产阶级情调的绸布短裤和巧克力糖,他第一反应就是把它们藏了起来。而这个时候,他不能不想起和妻子当初在大学生舞会上见面时那些浪漫的情景。那个时候,他也是一个爱读普希金诗歌的青年军官。但是,问题就出在他妻子的出身成分上,因为她的资本家出身,使得他从一个最有前途的受人羡慕的北京总参机要员,下贬到边远的福建宁德军分区里当一个小干事,这就是他内心开始了扭曲的症结。他开始渴望一场革命,一场动荡,让他有机会重新开始。

本来,妻子资产阶级家庭出身影响了他的政治前途,他应该感同身受对同样出身于资产阶级家庭的库小媛会有同情和理解。但是恰恰相反,此时的甄闻达有一种极其冷酷无情的对命运的报复心理。而对于我舅舅赵淮海,甄闻达从一开始就有一种嫉妒和敌意,因为我舅舅是从他昔日美好时光所在的北京军队大院里过来的,他自己是从普通的百姓阶层上去的,所以稍有一点不小心,就会从这个阶层里被赶出去。如果他的父亲是一个将军,他会被下放到福建小军分区去吗?他不喜欢我舅舅反映出他对命运不公平的不满,尤其是他看到我舅舅把所有的光环都占了,从北京徒步前往越南的红卫兵,跟随八一电影厂战地记者前往南越,跟野战医院最漂亮的女兵谈恋爱,这一切都让甄闻达愈加不满。

而现在,他突然感到内心那团不满之火烧成了灰烬,熄灭了。这两个人:赵淮海和库小媛都已经死了,不会再对于他的任何行为做出回应。而他开始感到内心有一个巨大的空洞,他站在外苏河边,这里是一个悬崖,下面外苏河拐了个弯,水流湍急,乱石如刀林立。他如面对着一个深渊,在进行一次思索。

甄闻达这一天在悬崖上站了很久,思想斗争非常激烈。他最终做出了一个决定,要离开指挥部,到战斗的第一线部队去任职。刚好太原钢铁厂那里的二营教导员负了重伤,他去接替了这个职务。

我这里要再说明一下,这个太原钢铁厂和我们国家的山西太原没有一点关系。它是河内西北方向几十公里远的一个小城市,越南文是 Thái Nguyên。我国在上世纪六十年代初帮助越南建设了这个钢铁厂,把当时最好的设备都搬到了这里。越战期间,太原钢铁厂出产的钢铁用到了越南的军工和民用方面,所以美国人把它看作眼中钉,是重点的轰炸目标。甄闻达来到这里的时候,我军在太原钢铁厂周围布置了一个师以上的高炮火力,已经击落击伤数百架敌机,但我们自己也牺牲了一百多人。

甄闻达下到部队的这一天,高炮二营营长把排以上干部都召集了过来,开了个欢迎会。同志们对新来的教导员非常亲切友好。甄闻达把妻子千万里外寄来的巧克力糖拿出来,分给大家吃。可这个时候,空袭警报来了。会议马上结束,各指挥员要迅速回到连队指挥战斗,甄教导员让通信员把糖先收起来,说等仗打好了再请大家吃。

空袭很快就开始了。敌机轰炸,高炮还击。营部指挥所里电话和无线电台声不断。作为营教导员,他并没有具体的指挥任务,但是营长每做一个决定,都会和甄闻达商量。就在这个时候,三连阵地受到敌机密集的轰炸,阵地被炸翻了,所有的联系都中断了,而三连这一道防线如被炸没了,敌机就可以直线对钢铁厂的主烟囱投弹。甄闻达觉得这是一个考验自己的时候,他对营长说,自己带几个人上三连阵地查看一下,要尽快恢复三连的战斗力。营长让跟随而去的通信班长保护好教导员,他觉得甄教导员真是个好干部。

比起外苏河防区,这里的隐蔽条件很不好,全是开放的厂区,没有树木。当他们接近了三连阵地的时候,又一轮空袭开始。敌机俯冲而来,通信班长赶紧带着甄闻达隐蔽,但是已经来不及,这一次敌机由于没有地面炮火威胁,低空掠过,直接用机关炮对着地面目标射击。甄闻达的身上中了好多颗子弹,有一颗打中了肝脏。通信班长给他包扎,他的血如泉水一样从伤口里涌出来。

这个时候甄闻达的意识还是清醒的,血在汨汨流出,生命就像流沙一样溜走,死亡的黑幕正徐徐降落。他想着妻子和儿子,想着刚收到的绸裤子、巧克力,还想到了影响他前途的妻子的家庭成分,他曾经是那么在乎,可现在他想这些是多么不重要。在他要死的时候,他心里想到的只有妻子、儿子,还有年老的父母。血慢慢流尽了,他没有闭上眼睛。他死得很慢,临死前显然很痛苦。

我终于把政工组长甄闻达的故事写完了,但是我不希望甄闻达的遗孀江雪霖看到这一段文字。为了做到这一点,我已经把甄闻达、江雪霖的名字和他们生活的城市名字都进行了虚构。我希望在江雪霖老师的心里,丈夫永远是那个济南火车站上和她依依不舍地告别的没有很多故事的年轻军官。

第 十 章

终于在这一天,我启程前往越南。

第一站,我去了河内。我从机场坐出租车前往旅馆时刚好遇到上下班时的交通高峰,马路上是水泄不通的摩托车流。到了晚上,我就开始在还剑湖边散步了。我很快就看到了湖边那一座中国庙宇,进门处有一副对联:卧岛墨痕湖水满,擎天笔势石峰高。我舅舅当年四个人到了河内,就是在这个地方被越南的巡逻便衣警察发现,送到中国大使馆的。

河内,这个饱经战火洗礼的城市,现在成了游客如织的旅游城市。在我所居住的老区密集的小街上,商铺林立,热闹非凡。我走进了一条小街,街道狭窄,人流都往这里汇集,很快就肩膀挨着肩膀得挤着走了。我看到了路边摆着许多小桌子,很多游客坐在那里喝啤酒吃田螺。虽然这里是炎热之地,倒是没有见人吃蝙蝠、蛇、蜥蜴、蜈蚣之类奇怪的东西。慢慢地,我知道人为什么这么多的原因了,原来前面的街口有个舞台,上面有歌舞表演。我挤到舞台之前,看到是一家啤酒公司的推销节目,那些在台上跳热舞的小姐都穿着绿色的啤酒商标服装。我没有停留,继续随着人流往边上的一条街路走,慢慢人流不那么密集,我可以自由漫步了。走出不到一百米,见街路尽头的拐弯处有一块地方,边上有街头酒吧。

我觉得有点累,就在路边一个卖果汁的小酒吧桌子边坐了下来,要了一个椰子插上吸管喝着。就这个时候,我看见不远处有一个越南音乐表演小组在演奏,几把吉他,一个架子鼓,一个女孩子在前面拉小提琴。她是站着拉琴的,街头表演的形式,边拉琴边舞动。这个女孩不像一般越南女子那样娇小,个子很高,骨架也比较大,剪着齐肩的短发。我看她拉了几支曲子,不知是什么原因,她的琴声让我一阵阵伤感。我一直在那里看着她表演,她的同伴拿着盒子走过我跟前时,我会往里投上几美元纸币。

为什么我的心里这么伤感？因为她让我想起了库小嫒,她们都是拉小提琴的女孩子。我没有看过库小嫒的正面照片,唯一的照片是侧面的,而且模糊不清,但是我心里对她有强烈的熟悉感,那是内心的一种知觉,是在调查、接触和创作她的故事中间内心所产生的一种模糊的光影。当我看见了这个街头的小提琴手时,内心那一团模糊的光影突然变得清晰起来。库小嫒的脸庞、眼神,甚至声音都借着提琴女孩清楚复原了。

那一天我一直坐在酒吧,看那女提琴手的音乐小组表演。一直看到她的小组结束表演整理东西离去。到越南好几天了,我一直没有找到我舅舅那年代的感觉。而从这个时候开始,我似乎开始进入了对过去时光的追忆。第二天晚上,我再次来到了这个地方,小提琴女孩已经注意到我这个陌生人连续两个晚上在同一个位置坐着,她在表演时偶尔会向我投来微笑的眼神。我想和她谈谈,请服务生转告。在表演的间隙,女孩在我的对面坐了下来。她会说流利的英语,说自己出生在越南南方的湄公河三角洲的一个村庄,现在是河内音乐学校的学生,因为家里经济条件不好,要出来挣点钱补贴学费。

"先生你是什么国家的人?"她问。

"我是中国人,但是我现在居住在美国西弗吉尼亚。"

"你是来越南旅游吗?喜欢这里吗?"

"是啊,很喜欢这里。我不知道越南现在这么热闹,我过去的印象都是战争。没有战争真好。"我说。

"你说得很对,听说我们现在这个地方,以前有一架美军巨大的轰炸机被击落了,就掉在这个地方,大火把周围的几条街都烧毁了。战争真是可怕。"

"战争来得快,消失得也快,谁也看不出这里之前是个被日夜轰炸的地方。我看到这里的游客都是白人,大部分是美国人吧。"

"是的,大部分是美国游客。他们都有一种越南情结,有当年的老兵,也有看越战电影长大的年轻人。"

"越南和美国打过一场最残酷的战争,你们现在会仇恨美国人吗?"我说。

"没有仇恨了,对于我们来说,美国人就是和其他国家人一样的游客。战争是很久很久之前的事情,应该被忘记。"她说。

"你知道当年美国人轰炸越南北方的时候,有一大批中国军队来到这里,帮助越南军队抗击美军的轰炸吗?"

"我不知道,没有人对我们说这些事情。你是不是有什么故事要说给我听?"她说。

"是啊,我的舅舅在四十多年之前来到这里参加战斗,后来被美军的飞机炸死了。在差不多同一时间里,他的女友,一个野战医院的护士,也死在这里。和你一样,她也拉小提琴。你愿意听听他们的故事吗?"

"是的,你说的事情让我感动。你接着说吧。"

我讲完了我舅舅和库小媛的故事。之后,我把我舅舅的照片给她看,还让她看了库小媛那一张侧面模糊不清的照片。我说:"这就是他们。我的舅舅那年二十岁,他的女友才十九岁。他们死在越南四十多年了,从来还没有一个家人来看望过他们的墓地。"

提琴手女孩仔细看着照片,听着我说的话。我发现她的眼里有泪光出现。慢慢地,她的眼泪止不住地流出来,似乎有一种巨大的悲伤从她的心底涌了出来。她的这种反应让我始料未及。我突然内心有一种想法,莫非这个女孩和库小媛有前世今生的神秘联系?

"这真是一个悲伤的故事,我太难过了。"她说,眼泪还止不住地流。

"明天,我就要去探寻我舅舅和他女友的坟墓了,但愿我能够找得到。"我说。

"你会找到的。你找到了之后,还请你帮我给他们献上一束鲜花。"她说。

"好的,谢谢你,好心的姑娘。"我说。

现在,我要去中国大使馆。龙大爷给总参写信说要自己去扫墓之后,总参开始重视这件事,让使馆的武官去扫了一次墓。实际上,在越南北方有好几座中国抗美援越烈士墓,他们当时只去了其中的一座。但是有一个好的消息是,他们找到了当时修建烈士墓的详细施工图和烈士安葬陵墓的编号和名册。我母亲通过龙大爷,找到了联系大使馆武官的方法。由于龙大爷的身份加上我姥爷的长征干部资历,使馆的武官很快把我当成了自己人。他带上了一大卷外苏河防区当年烈士墓的图纸和名册,带着四个使馆人员,加上我,开了一辆面包车前往外苏河。

在到达外苏河之前，武官让驾驶员把车拐到一个小路里面，靠着山边的地方停了下来。他说可能有一个当年的指挥所就在这里。我们下车往前走，果然看到了倾斜的地面上出现了一个水泥顶盖结构的洞口。武官说这肯定是中国军队留下的。如果是越南部队留下的，不会是这样荒废的样子。洞内黑洞洞的，武官已经做了准备，带了很亮的工作照明灯。进洞之后，就看到了洞壁上刷着一段毛主席语录，足可证明这里当年的情况。我们在洞里前进了一百多米，没有尽头，武官建议我们往回走，以免出现意外情况。

半个小时之后，我们就找到了烈士陵墓，没想到经过了这么多年，中国军人的烈士陵园会保存得这么好。我之前一直担心七十年代末八十年代初的中越边境战争会让这里的烈士墓园遭到破坏，现在看来是没必要的担心。我也没想到烈士墓的风景会那么好，面对着外苏河，能看到外苏河上的铁路公路两用桥。墓园面积不小，安葬着一百八十多个烈士。我们看到虽然墓的水泥盖顶已经很陈旧，长满了青苔，但是没有被草木侵占吞没，显然是有人在定期维护着。我一个个看着那些水泥做的墓碑，辨认着上面的烈士名字。墓碑有点简陋，看上去是在水泥浆还没凝固之前用利器在上面划下了烈士的名字。但是这些字体写得很古怪，有的是缺少笔画，有的干脆是没见过的造字，看起来像西夏国的文字一样。武官分析，这些墓碑一定是越南当地的人后来维修过的。之前中国军队留下的水泥墓碑已经风化,在风化之前,越南人换上了新的水泥墓碑。但是这些越南人不会写中国字,只是按照原来的样子画下来,所以会出现这种情况。不过不要紧,因为他带来了烈士墓园的名册编号,一个个都能核对出来。

我很快就找到了我舅舅的陵墓,这一刻,我的心情是平静的,带着感伤。血缘是一种奇怪的东西,一下子就让我和舅舅产生了超越时空的感应。我能感到他的存在,他就在这里,看着我的到来。我带来了鲜花,把鲜花放在了他的坟头。之后,我给我舅舅最好的朋友,他的精神带路人、战地记者朱复兴献上了鲜花。我带了三束鲜花,已经献了两束了。可这个时候,有两个越南警察闻讯赶过来盘问我们,武官说我们是中国大使馆的,来给陵园扫墓。警察说,他们的上级有规定,到陵墓来探视,必须有特别的许可证。武官觉得这几个人不大好对付,就让我们先收拾起图纸,离开这里。就在这个时候,有几个当地的老百姓过来,带头的是一个住在附近的妇女,她热情邀请我们去她家里坐坐。

我们去了她的家里。在那简单的院落里,她请我们品尝很多种当地水果:荔枝、桂圆、红牡丹,说这些水果都是她一家人在墓园边的山上种的,既美化了墓园也保护了水土。这样一说起来,我们才知道这些个村民都是保护陵墓的人。她说她的爷爷当年掉在了外苏河的激流中,是一个中国士兵跳下水救起了他,而中国士兵自己却淹死了,后来就埋在这片墓园里。当地人非常感怀这个中国人,定期来给墓园除草清扫,在外苏河的河边,还有一个亭子,用这个烈士的姓来命名叫袁亭,经常会有人在那里烧香点蜡烛。我一下就明白了,他们说的就是袁邦奎。当年我舅舅对袁邦奎为了救一头猪而死是否有价值产生过质疑,没想到如今这里的人们记住的就是袁邦奎一个人,那些打飞机的英雄惊天动地的事迹却已经忘怀了。

有一个村民说自己当年为中国军队当过联络员,他带我们参观了当年的高炮阵地战斗遗址,但是都看不出痕迹了。我手里还有一束花,是准备献给库小媛的。我知道库小媛的墓不在烈士陵园里,是在野战医院对面的一个山坡上。这个越南村民给我指出了当年的野战医院所在地,那是在离烈士陵园七八百米远的小溪边,现在成了一片茂密的香蕉园。我所知道的线索是当年库小媛的孤坟在通往野战医院的小路对面的山坡上。但是我到了这里之后,才知道想找到库小媛的坟墓位置几乎是不可能的。那片山坡是连绵的,开满了野花,你根本无法在这里找到一个四十年前用几铁锹土培起来的土坟包。所以,我只能把我带来的鲜花放到一处照着阳光看得见外苏河的山坡上。库小媛是我舅舅的恋人,某种程度上也是我家庭的成员。我来到这里,她总算有家人来看望她了。

从我所站的位置往前看去,是一片望不到头的山林。我相信库小媛当年就是在我目光所及的那个山峰下面,扣下扳机打穿了自己的头颅。从那之后,她的孤魂就飘荡在这里。如今她的坟墓找不到了,她的骨头已经化为泥土,没有留下任何痕迹。但我觉得她的灵魂还在,她没有地方可去,会在不远处的烈士陵园里到处借宿,有时在乱石的缝隙,有时在墓碑的基座之下。有时像萤火虫、蝴蝶飘飞着,有时像蚂蚁蟋蟀在草丛间钻来钻去。我在资料上看到,她死之后,家里人因为她的叛徒之名,和她划清了界限,拒绝接受她的骨灰,所以才埋在了这里。但是,她的父亲在她死后的第二年死于车祸,她的母亲不久后也跟着去世了。我能感知到她的父母所经受的巨大悲伤。虽然拒绝接受她的骨灰,但却是早早奔赴另一个世界去和她团圆了。这个时候我突然想起了河内街头遇见的那个女小提琴手,产生一个想法:库小媛被遗弃在越南,她的孤魂回不了家,所以会变成一个越南少女,在河内的街头拉琴。她的旋律是那么悲伤,让来自全世界的游客都听了落泪。

那以后没几年,中国突然变得强大富有,让全世界都惊讶。出国变成了一件轻而易举的事情,这样,去越南当然就不那么困难了。我后来看到了当年的抗美援越老兵一队队前往越南扫墓。他们的年纪还不是太大,一个个都精神抖擞。我母亲自己和与我舅舅当年一起偷越国境的三个战友武振雨、苏鸿飞、李关冬也都去探望了我舅舅的墓地。国内电视上关于这个话题的专题文章和报道也越来越多。有一天,我看到一个专题片里在说这么一个事情。说安徽一个县里面有二十多个抗美援越老兵,他们打报告给县民政局,请求政府帮助,让他们在有生之年完成去越南给战友扫墓的心愿。这个县的县委书记马上批示,从财政里拨了一笔钱,让这些老兵们去圆梦。记者去采访了其中一个,这个老兵的名字叫马金朝。马金朝!我多么熟悉的名字!我的心跳了起来。我在视频的画面上看到他了。他戴着一顶旧军帽,眼睛一直看着天空,一只眼睛是瞎的,他没有说话,没有表情。但是我能想到他一直在寻找着天空中那敌人的飞机,想把它打下来。他是我舅舅最好的战友,我舅舅就死在他的怀里。他身边有个老太婆,不知是不是我前面写到的那个秀英。

好了,结束故事的时候该到了。母亲让我去看舅舅的陵墓,我完成了任务,还意外地写了这么一本书。现在我知道了我母亲执意让我去寻找我舅舅陵墓的真正目的,她其实是想通过这一次寻找,让和平年代出生成长的我了解我舅舅那一代的中国热血青年的精神面貌:他们的天真、他们的勇气、他们的理想、他们的牺牲。如今,抗美援越的故事早已经不是秘密,国内某电视台做过好几个抗美援越老兵的专题节目。这个节目的女主持人有一段话说得特别好,我就拿来作为这个小说的结尾吧。她说:

二十世纪六十年代中国经济并不发达,国力困乏,为支援越南付出了两百亿美元代价和几千人的生命。在这之后,世界上发生了太多的事情,越战结束,中美建交,中越之间关系恶化,后来又恢复友好,政治的风云就这么一刻不停地变幻着。但是对于那些参与了这场特殊战争的人来讲,或许这一切都不那么重要,因为那是他们留下了激情、留下了青春岁月的片刻,是他们有关生命、有关友谊、有关战争的深刻回忆。